◎ 湖南科技大学学术著作出版基金资助
◎ 湖南省社科基金一般项目成果

新时期以来文学研究中的
生命精神

XINSHIQI YILAI WENXUE YANJIU ZHONG DE SHENGMING JINGSHEN

□ 邓桂英 著

吉林大学出版社

·长 春·

图书在版编目（CIP）数据

新时期以来文学研究中的生命精神 / 邓桂英著. —长春：吉林大学出版社，2021.12
ISBN 978-7-5692-9597-9

Ⅰ.①新… Ⅱ.①邓… Ⅲ.①中国文学－当代文学－文学研究 Ⅳ.① I206.7

中国版本图书馆 CIP 数据核字 (2021) 第 235017 号

书　　名	新时期以来文学研究中的生命精神
	XINSHIQI YILAI WENXUE YANJIU ZHONG DE SHENGMING JINGSHEN
作　　者	邓桂英　著
策划编辑	李承章
责任编辑	付晶淼
责任校对	周春梅
装帧设计	朗宁文化
出版发行	吉林大学出版社
社　　址	长春市人民大街 4059 号
邮政编码	130021
发行电话	0431-89580028/29/21
网　　址	http://www.jlup.com.cn
电子邮箱	jdcbs@jlu.edu.cn
印　　刷	湖南省众鑫印务有限公司
开　　本	880mm×1230mm　1/32
印　　张	7.5
字　　数	155 千字
版　　次	2022 年 7 月　第 1 版
印　　次	2022 年 7 月　第 1 次
书　　号	ISBN 978-7-5692-9597-9
定　　价	68.00 元

版权所有　翻印必究

邓桂英（1980—），女，湖南湘乡人，博士，现为湖南科技大学讲师，硕士生导师。主要研究方向为文艺学、比较文学与世界文学。主持完成省厅级以上科研项目6项，参与完成多项国家社科基金项目。已独撰或以第一作者身份发表学术论文20余篇，其中CSSCI等核心刊物11篇，人大复印资料全文转载2篇，出版学术专著1部，主编教材1本。

目 录

绪论 …………………………………………………… 1
　第一节　问题的提出 ………………………………… 1
　第二节　本书结构及思路 …………………………… 11

第一章　文学研究生命转向的发生语境 …………………… 19
　第一节　中国生命思想的传承与生命精神的历史积淀 …… 21
　第二节　西方生命哲学的传入与生命精神的现代自觉 …… 30
　　一、西方现代生命哲学思想的中国之旅 ……………… 30
　　二、中西生命思想的历史遇合与生命精神的现代自觉
　　　　………………………………………………… 47
　第三节　时代的召唤与生命话语的回归 ……………… 51
　　一、心理基础：社会大转型带来的个体生命意识复苏
　　　　………………………………………………… 52
　　二、理论前导："文学是人学"的发展思路中的文学主
　　　　体性问题探讨 ………………………………… 55
　　三、创作基础：文学实践的生命书写与生命意识的演进
　　　　………………………………………………… 61

· 1 ·

第二章 文学生命问题研究与生命精神的多向度探寻……71

第一节 古典文学生命问题的文本阐释与生命精神传统意蕴的发掘 ……72

一、古典文论生命精神传统的发掘与中国文论的现代转换 ……73

二、古典文学生命精神的当代阐发与传统生命精神形态的呈现 ……81

第二节 生命美学对感性生命的理论还原与生命精神现代内涵的激活 ……95

一、文艺学与美学研究的融合及生命美学理论建构研究概况 ……96

二、感性和个体的凸显与生命精神现代内涵的激活…99

第三节 现代新儒家文艺美学研究与生命精神民族内质和世界因素的融合 ……115

一、现代新儒家文艺美学研究的突破与现代新儒家生命精神的发现 ……117

二、民族生命精神诉求的现代性表达与生命精神民族内质和世界因素的融合 ……126

第三章 生命内涵的多元取向与文学研究的当代发展……137

第一节 古典文学研究传统特色的生命阐发与文学研究的当代意识 ……140

第二节 生命美学现代意义的生命理解与文学研究的感性

　　　　化趋向 …………………………………………… 145
　　第三节　现代新儒家民族本位的生命诠释与文学研究的
　　　　世界视野 ………………………………………… 153
　　第四节　新时期前后文学研究中生命思想的嬗变 …… 163
　　　　一、新时期以前生命研究学术传统的回溯………… 164
　　　　二、新时期前后文学研究中生命思想的嬗变……… 170

第四章　文学研究生命转向的审视与反思……………………… 179
　　第一节　生命哲学基础的贫弱和理论建构的西化 …… 180
　　　　一、对西方生命哲学的依傍………………………… 180
　　　　二、呼唤具有全面意义的生命哲学………………… 188
　　第二节　"生命"概念的泛化倾向 ……………………… 197
　　　　一、"生命"概念泛化之表现 ……………………… 198
　　　　二、"生命"概念泛化之原因 ……………………… 204
　　　　三、"生命"概念泛化之后果 ……………………… 216
　　　　四、"生命"概念泛化之应对与启示 ……………… 219

结语……………………………………………………………… 225

绪 论

第一节 问题的提出

新时期以来的社会大变革与文化大交流使今日的中国各行各业、各方各面日新月异、翻天覆地。随着研究观念的不断深化、研究方法的不断更新与研究视野的不断拓展，中国文学研究也结出了累累硕果，展现了前所未有的生机和活力。在新时期以来多元发展的文艺学场域中，以"生命"为论题的研究可谓汗牛充栋，"生命""生命精神""生命意识""生命美学"等语汇在各种著作和文章中频繁出现。生命精神也成为新时期以来文学研究的重要理论话语和学术视野。本书即针对这一学术现象，以新时期以来文学研究中的生命精神为论题，将学术问题的理论探析和学术史的基本勾勒相结合展开具体的研究和论述。

提到"新时期"这个概念，就必然涉及它具体的起止时间点问题。关于文学领域内"新时期"的整体的起止时间，目前学术界有多种不同的界定，如吴家荣将"新时期"的起止时间界定为

1976—1992年[1]，陈晓明在《表意的焦虑》中则认为"新时期"起始于1976年，终止于1987年。具体到"新时期"单独的时间起点而言，目前学术界主要有两种不同的观点，一种以1976年粉碎"江青反革命集团"为新时期起点；另一种则认为新时期的开始应该是党的十一届三中全会的召开。在这两种主要的看法中，更多研究者相对倾向于把新时期的起点定在党的十一届三中全会召开的1978年。而对于"新时期"单独的终止年限，则存在四种不同看法。其中有三种看法分别指出了"新时期"的具体终止年限，即分别为1987年、1989年、1992年。但学术界更为常见的一种说法则认为新时期至今还没有终结[2]。这些不同的分期方法都与研究者对于新时期文学内涵的理解密切相关，种种说法各有其道理，笔者对这些说法都基本认可，但在本书中也有所取舍。本书所指"新时期以来"是一个稍带动态与弹性的概念，没有指明具体的年限起点，只大致指20世纪70年代末、80年代初至今的40余年。因此，本书的研究范围从时间跨度上讲是指20世纪70年代末、80年代初至今的40余年的文学研究。

新时期以来，许多关注的目光都不约而同投向了"生命"，并因此产生了诸多文学研究成果。"生命"是一个内涵十分丰富、外延极为广泛的概念。单单从生理学的角度而言，人的生命是肉体的存在。但人类生命形态超越于其他物种生命体的地方在于作为

---

[1] 吴家荣.新时期文学思潮史论[M].合肥：安徽大学出版社，1998：1-2.

[2] 丁帆，朱丽丽.新时期文学[M]//洪子诚，孟繁华.当代文学关键词.桂林：广西师范大学出版社，2002：159.

生命主体的人对自身生命的存在有着自觉的思索，对生命的价值有着执着的探寻。人的生命有始有终，但又生生不息，有着能够确立自我存在与主体存在的独立性，有着强劲的生命力与创造精神以及对现实世界的超越性，有着对生命现象和本质的理性认识，有着对生命个体价值和群体价值实现的终极关怀，有着对生命自我意义和社会理想的执着追求，这就是人的生命精神的特定内涵。动物只存在与生俱来的生命本能，而人"于饮食男女之外还有更高尚的企求"[①]，"人是自己心灵的主宰"[②]，人之为人最本质的精神就是生命精神。生命精神离不开人内在的生理、心理机制和生物本能，有着一定的生物学意义，但生命精神更重要的是对生命主体的哲学意义上的自觉而理性的思考。人的生命精神凝聚着宇宙生命精神的精华。由于"意识"和"精神"这两个概念在哲学与心理学的定义和阐释中往往被当作具有同一意义的范畴来使用[③]，因而"生命意识"与"生命精神"也常常被当作具有同一意义的范畴和概念来使用。生命精神的内涵无法仅仅从一般意义或者单一学科意义上去进行孤立的理解和规范，生命精神涵盖范围很广，并且历经转变，在不同的时代语境中、不同的文化背景下、不同的生命个体那里有着相似但又不尽相同的内涵、特征和表现形态。本书所指的生命精神，主要也是从生命主体对生命存在的自觉意

[①] 朱光潜. 谈美[M]// 朱光潜全集第2册. 合肥：安徽教育出版社，1987：12.
[②] 朱光潜. 谈美[M]// 朱光潜全集第2册. 合肥：安徽教育出版社，1987：12.
[③] 殷晓蕾. 生生为艺：论中国原始岩画中的生命精神的历史流变[D]. 南京：南京艺术学院，2002.

识和对生命存在终极价值的积极追寻的意义上而言的。

生命精神可以说是一个永恒话题,言说不尽却又历久弥新。古今中外的文学家、思想家们一直不乏睿智的生命之思,而现代社会的生存悖论与现实困境更促使人们重新观照、审视生命精神这一重大问题。虽然可以说在人类文明发展历史进程中的每一个时代都对生命精神有所关注,但是"就其针对性之强,自觉性之高,意义与价值之大而言,都远逊于我们这个时代"[①]。时代的发展呈现出一种近乎二律悖反的状态。20世纪以来人类所取得的伟大成就、物质财富的大丰收和精神世界的大裂变所带来的种种深刻的危机与困境都是既惊心动魄,又令人担忧与困惑的,人类社会呈现出一种有史以来最为激烈也最为复杂多变的状态。科学技术进步期许的人类幸福的终极理想始终未出现,人也从来没有像现在这个时代这般强大也从来没有像现在这个时代那样无力。正如狄更斯在《双城记》里对他所处时代表达的深沉理解:这是一个最美好的时代,同时也是一个最糟糕的时代;既是一个理想的时代,又是一个迷惘的时代。因本能的欲望和外界的诱惑以及技术理性和消费主义的大行其道,人类生命精神一度深深失落,人们对生命精神及其根本意义与核心价值的意识日渐匮乏和浮浅。人类对自身生命存在的价值与意义的思考与追问也在剧变、喧嚣、骚动和所谓的碎片生活中,逐渐淡去如烟。物质的丰赡与生命的苟欢又如何能支撑濒临坍塌的生命意义世界和寂灭的生存理

[①] 胡海波.中华民族精神家园的生命精神[J].东北师范大学学报(哲学社会科学版),2008(3):9-14.

想信念？

　　因此，在我们所生活的世界，生命精神具有比过往任何时代更为广泛而深邃的价值与意义。如何从生命精神的视野反思自己所遭逢的危机和困顿，寻找生命的意义与价值成为20世纪以来的重大人生问题之一。故有学者指出，"追问生命精神"问题已经成为当今时代"民族性、人类性"[①]的问题。生命精神贯通于一切价值领域，本然地便具有超越性维度。在我们所生活的世界，"一切文明的事物都是贯注和体现着人的生命精神，一切有价值的事物及其意义必然在生命精神面前获得根本的确证"[②]。因而研究者们开始努力在各个领域以各种途径尝试重新反思并建构一种自觉的睿智的生命精神去摧毁人类精神意识的浮泛空疏与思想观念的无根浅薄。生命问题的研究也逐渐成为20世纪以来学术界的重大理论问题之一，在新时期以来的特殊境遇中更是成为中国人文社会科学等领域的一个研究热点。"生命"话语在多元探索、新论迭出的新时期以来的学界大行其道。仔细翻检20世纪70年代末以后的研究成果，我们可以明显地发现以"生命"作为题目或关键词的评论和研究文章数量何其之多。截至2019年12月31日，笔者在"中国知网"以"生命"为关键词，检索哲学与人文社会科学、社会科学领域1979—2019年

---

① 胡海波.中华民族精神家园的生命精神[J].东北师范大学学报（哲学社会科学版），2008（3）：9-14.

② 胡海波.中华民族精神家园的生命精神[J].东北师范大学学报（哲学社会科学版），2008（3）：9-14.

各类期刊所发表论文,得到检索结果如下:1979年5篇、1980年15篇、1981年23篇、1982年32篇、1983年43篇、1984年29篇、1985年52篇、1986年59篇、1987年51篇、1988年63篇、1989年69篇、1990年69篇、1991年88篇、1992年73篇、1993年77篇、1994年95篇、1995年106篇、1996年115篇、1997年122篇、1998年158篇、1999年220篇、2000年236篇、2001年238篇、2002年372篇、2003年431篇、2004年350篇、2005年733篇、2006年1 458篇、2007年1 583篇、2008年2 182篇、2009年1 537篇、2010年1 632篇、2011年1 544篇、2012年1 405篇、2013年1 394篇、2014年366篇、2015年209篇、2016年198篇、2017年129篇、2018年137篇、2019年103篇。我们从上述检索结果可以看出:自1979年起,以"生命"为关键词的论文迅速持续增多,2008年达到高峰(2182篇),2009年以后稍有回落,但至2014年以前几乎都维持在千篇以上。[①]从这些数以千计的论文中不难看出,新时期以来,"生命"已经成为人文社会科学等研究领域十分重要和热门的论题,内涵囊括极为丰富、涉及领域相当广泛。

"在今天,谈文艺不及生命,无异乎自陷于无生命的非文艺;

[①] 随着当代生态危机的不断加深及西方生态批评理论的影响,研究者的目光从个体生命存在价值更多投向了整个宇宙生态系统,中国文学研究的生命话题开始逐渐延伸为生态话题。

谈美学不涉生命,这美学更是成了无生命的空壳。"[①] 新时期以来,"生命"这一具有元话语性质的概念也成为文学创作和批评理论中频频出现的关键词。新时期以来的文学研究在"生命"所拓展的新的思维空间中,展现着新的文艺理论形象。对生命的执着追寻是文学艺术发生、发展的原动力。没有真正进入生命思考与生命关注的文学研究,又岂能说是真正触摸到了文学艺术的本质?[②]文学艺术是人类认识生命、自我实现的重要途径,展现着人类生命精神的至善至美的境界。生命精神意味着对生命存在与生命价值的深切关注和本源思考,必将导向终极关怀意识,是文学艺术立意和旨归的真正所在,是所有伟大文学作品形成的根本源泉,也是文学研究的价值支点,自然也成为文学研究无法回避、不容搁置的理论和现实问题。20世纪以来,文学、科技与生命彼此之间的纠缠和背离不仅显得空前强劲而且正与日俱增。当下中国文学实践所暴露出的生命精神的迷失与匮乏的问题更是对文学研究提出了新的尖锐的挑战,必然要求中国文学研究必须对生命及其与文学的关系问题予以更多的关注。

20世纪中国文学在很长一段时间内一直过多地停留于意识形态化,唯独遗忘了生命本身。新时期以来,中国文学的主流已逐渐摆脱意识形态的反复纠缠。但后现代语境下审美文化形而下的感性趋势和物化倾向的流弊使文学艺术正日益沦为感官的即时消

[①] 曾永成.马克思人学生命观论略[J].成都大学学报(社会科学版),1996(4):5-9.

[②] 谭桂林.生命体验与中国现代文学[J].首都师范大学学报,2005(3):89-91.

费和本能的肆意释放。20世纪90年代以后甚嚣尘上的所谓"身体写作""私人化写作"等文学潮流打着描写"最本己的生命"的旗号，迷失在感官欲望的狂欢之中，生命高层境界和终极关怀意识的表达几乎已经完全被遮蔽了，便是最鲜明的例证。当代文学艺术以其具体的实践充分暴露了诸如"人性的异化、价值的变异、欲望的泛化、非理性的越位、感性的日常化"[1]等这些当下中国社会已经发生或正在发生的问题。"贴肉的文字爬行""坚决的形而下姿态"合谋挤兑了文学对于生命存在的意义和价值的形而上的探求与终极追问，架空了文学所应该秉持的生命精神。中国当代文学最为人所诟病的根本恐怕正在于缺乏超越性和精神性，缺乏对生命意义的终极关怀，换句话说缺乏生命精神。"我们可以在思维论层面上肯定后现代主义的批判否定精神和意志多样的文化意向，但却必须在价值论层面上批判其丧失生命精神超越之维的虚无观念和与生活原则同格的'零度'艺术观。"[2]后现代语境下当下文学实践所暴露出的种种问题使文学研究者意识到强调生命精神的独特内涵和价值取向及其精神超越性维度的紧迫性和必要性，并试图在文学研究中通过对形而下的感性和物化之弊的反思和对形而上的人的生命存在的终极意义和价值的追求，重建文学在当代语境和时代现象中的超越之维。"生命精神"这一概念也在新时期的文学研究中被广为运用，涵盖哲学、美学、文学批评等诸多

---

[1] 朱首献.文学的人学维度[M].杭州：浙江大学出版社，2007：14.

[2] 王岳川.后现代主义文化研究[M].北京：北京大学出版社，1992：405.

领域，成为文学研究不断走向深入的一种表征。

自20世纪初以来中国文学研究中便一直存在着一种关注"生命"的理论传承，王国维、鲁迅、宗白华、范寿康、郭沫若等前辈学人，借助西方现代生命哲学美学思想，将文学艺术与生命相连，饶有深致地探讨了文学与美学问题，在对文学艺术精义的开掘中张扬着生命精神，其深深浅浅的足迹激起后来学者的进一步追寻与探索，使得这种深厚的学术传统在新时期以来的文学研究中得以承续和延展。可以说，新时期以来文学研究中的"生命"话语，是对"五四"至20世纪二三十年代学术研究中"人的文学"的文艺理念的接续与深化，是文学研究在作为人学的发展过程中对历史的反拨与传统的承接，以及人对自身认识的深化在文学研究中的投射，是中国百年文学与美学螺旋上升式的发展。众多文学研究者见仁见智地从不同视域拓展了生命问题的研究，对"生命""生命精神"做了相应的界说与阐释，意图从理论上探寻"生命""生命精神"的真正内涵，虽然在某些方面能够达成一些基本共识，但是迄今为止学界却仍未出现取得一致公认的系统的定论。由于一些相关的基本问题尚未理清以及对研究的基本概念内涵缺乏严格的界定和科学的阐释，进入20世纪80年代以后，在关于生命问题的文学研究中，许多研究者对作为理论建设逻辑起点的"生命"这一基本范畴的认识显得模糊不清，使"生命"这一基本概念存在内涵和外延双方面的理解分歧，在使用该术语时总是存在着一定程度的混乱，以致"生命"概念被无限泛化。文学研究中的"生命"从一个高度哲学化的概念成为一个几乎无所不包的、似乎可以无限引申的综合性概念,人云亦云,莫衷一是。由此也导致对"生命精神"特定内涵和价值诉求理解的迷失和错位。当文学研究关涉到生命问题这个论域时,常常难免或陷于一种难以言说的理论尴尬或趋向一种大而无当的理论空洞。因此新时期以来关于"生命精神"的文学研究也存在研究泛化、理论阐释薄弱等明显的局限。理论发展的历史教训曾经不止一次告诉过我们,当一个概念变得无所不包时,这个概念也就失去了其应有的理论意义。文学研究中的"生命"概念有着特定的域指和特定的价值吁求,应当有属于自己的质的规定性。如果一味把"生命"概念无限扩大化,不但会造成这一概念内涵的消解,而且将使我们对当今人类生存困境与危机的深层发生机制和内在肌理的探索与考察难以真正深入,使文学研究在中国当前社会文化建设中应有的理论价值与现实效用无法充分发挥。

所以,对于新时期以来文学研究中的生命精神的认识、梳理和研究,带着理论和现实的双重必要性。本书正是在回瞻的视域中,将历史和逻辑相结合,将学术史勾勒、学术评论和理论问题的追问相结合,立足于"生命精神"这一新时期以来文学研究的重要理论视野,综合目前中国文学研究学界关于生命问题的研究成果,拟对新时期以来关于生命问题的文学研究形态进行一个较为全面系统的梳理,深入掌握其特色成就与缺失,探讨新时期以来在中西视域融合的背景中不同文学研究形态对生命精神的不同向度的探寻与不同意义层面的呈现,分析其是在何种理论背景和学理依据中使用"生命"这一术语的、对生命内涵理解的不同取向及其对文学研究发展趋向的影响，同时对新时期以来文学中的生命问题的研究所存在的问题进行较为深入的学理审视与反思，并据此提出需要进一步研究的问题和方向，以期对今后文学研究的发展提供一定的参照和借鉴。

第二节　本书结构及思路

本书拟通过古今中西比较的潜在视角，采用从理论到实践，从宏观到微观，从历时到共时的研究思路，并将学术史、学术评论和理论问题相结合，宏观研究与个案分析相融合，对"生命精神"这一新时期以来重要的文学研究理论话语的生成语境、思想来源、呈现形态等问题进行必要的梳理与探讨，同时，对新时期以来有关文学中的生命问题的研究所存在的局限与不足进行较为深入的学理性的自省和反思。新时期以来中国文学的生命问题研究并不存在鲜明的时间分割和完整的发展阶段，而且在新时期以来中国文学生命问题研究独特而复杂的发展历程中，哲学、美学、文艺学之间彼此借鉴和融合，文学理论、文学批评之间相互作用与关联，因而不管是以时间递进还是以观点更迭或者学科门类来对这一研究进行划分和界定都显得有些困难。笔者在本书中对新时期以来中国文学的生命问题研究的大致梳理与基本勾勒，主要从文本阐释与理论建构两个方面进行，一是文学史研究、文学批评中生命精神的文本阐释，一是以生命为逻辑起点建构新的美学、文学理论的尝试。所以笔者在具有代表性的以生命为中心向度的众多的研究形态中主要选取古典文学生命精神的文本阐释、当代生命美学的理论建构以及现代新儒家文艺美学生命精神理论创构研究这三种文学研究形态作为重点研究对象,力图尽可能地客观地展示其研究状况,分析这些文学研究形态对生命精神在不同向度的探寻、不同意义层面的呈现,并试图结合伽达默尔的视域融合理论,探讨在开放的中西视域融合的背景下这些文学研究形态对生命内涵理解的多元取向及其对文学研究发展趋向的影响。既力求对新时期以来以生命为向度的文学研究做尽可能全面的把握考察与全景的研究评论,又按照问题的内在层次融合详细的个案研究,有重点地对重要的研究形态及其代表性的研究成果做深入的探析。

　　新时期以来有关生命精神的文学研究是在与西方现代生命哲学美学思想理论的比较框架中完成的。一方面,本书希望通过对新时期以来关于生命精神的文学研究的考察和梳理、回顾与反思,将新时期以来文学研究中的生命问题植入到新时期以来文学研究的整体结构和逻辑发展的行程中来,整体考察和把握新时期以来中国文学研究的演进和当前态势。另一方面,本书希望通过对中外文学生命思想交往的动态过程及其具体的历史文化语境的关注,综合考察新时期以来文学研究中的生命观自身的发展史、世界语境等,把新时期以来的文学研究放在世界哲学美学思想的发展格局中,在相互参照中获得开阔的学术视野和世界眼光,确立新时期以来文学研究的世界坐标,确认新时期以来中国文学研究独特的价值、意义与地位,从而为今后文学及理论研究的发展提供一定的启示和参考。

本书对新时期以来以生命为向度的文学研究形态进行的梳理总结及学理性的回顾反思，对其使用"生命"这一术语的理论背景和学理依据的分析，以及对文学研究中与"生命"这一基本范畴相互关联的"家族相似"概念使用上的混乱现象和"生命"概念泛化现象的廓清，都是直接对当下文学研究发言，具有一定的当下性，能为中国文学的创作实践提供指导性的意见，对如何建立属于本土的生命论文艺美学，推动当代文艺学研究的发展并走向世界具有一定的参考价值，对于当代中国文学的研究具有直接的拓展作用。

此外，本书涉及文学、美学、哲学乃至社会学等诸领域，研究中还将引入视域融合理论、生命哲学理论等具有典型跨学科性的理论话语，综合运用多种学科理论和研究方法，对新时期以来文学研究中的生命精神采取跨学科视角和比较视角的综合分析，有利于把握生命精神的实质，深化学界对生命精神的认知，有利于拓展文学研究的问题域和方法论视野。

同时，对文学研究中的生命精神的关注既是一种对曾被忽略的新时期以来的文学研究热门现象的梳理与总结，也是一种对当今文学研究者生命状态与生命体悟的启示和警醒。21世纪的中国，已经进入了后工业时代，在大众文化日趋成为主流，日常生活审美化已然成为潮流，西方文化席卷全球控制着话语霸权的形势下，如何开拓文学艺术的新空间，克服文学艺术日趋商品化、功利化的弊病，合理利用现代物质科技力量，提升人类生命境界，为化解当今人类生命难题提供深层的价值理念指导，既是一个颇有挑战性的世界性课题，也是"建设中华民族共有精神家园重要的思想问题"[①]。深入思考与研究这一问题，我们才能生成一种汇通古今、融贯中西的生命精神，创造当今人类共有的诗意栖居的精神家园，找到真正解决生命的危机与困境的真实方式与内在力量。同时作为一个生命个体，只有拥有足够丰盈的生命精神，文学研究者才能对更高生命境界有所追求。对文学研究中的生命精神的关注不仅对于重构具有民族特色的当代文论与美学话语体系、建设当代社会文化具有重要理论价值，而且对于文学研究者个人生命境界的提升也具有重要的实践意义。

本书主要分为六个部分。

绪论。主要涉及生命精神问题提出的背景、本书的思路与结构等问题。

第一章主要对新时期以来文学研究中生命精神的思想来源和生成语境进行追溯，通过对理论渊源、历史背景和文学实践的梳理，描述出新时期以来文学研究生命转向与中国传统生命精神和西方现代生命哲学思想以及新时期以来社会历史语境、创作实践之间的深刻关联，还原新时期以来文学研究中的生命思想生成的特定的理论语境和精神诉求，从多个角度揭示新时期以来生命精神研究勃兴的必然性。第一节讨论了中国传统文化和哲学中的生命精神及其传承，指出新时期以来有关生命问题的文学研究的诞

[①] 胡海波.中华民族精神家园的生命精神[J].东北师范大学学报（哲学社会科学版），2008（3）：9-14.

生因缘，就其理论源头来说主要在于中国传统文化与哲学精神，中国传统文化和哲学的生命观是新时期以来文学研究中的生命精神生成的内在的思想机制和理论渊源。第二节重点介绍了影响新时期以来文学研究的生命转向的西方理论资源，分析了西方现代生命哲学在中国的传播和影响及中国学界对其的接受和改造，揭示出对西方现代生命哲学与美学思想的深切认同和自觉借鉴成就了新时期以来中国文学研究中的生命精神所具有的现代性品格。第三节对新时期以来文学研究中生命精神生成的现实语境进行介绍和分析。第一，分析生命精神研究兴起的具体的时代背景和社会历史条件。新时期以来中国社会的全面转型带来政治经济的开放、思想文化的解放、文艺政策的宽松，为生命意识的复苏与重构，为生命话语重回文学创作与理论研究的中心提供了时代契机，文学研究必然作出对现实的应然的回应。第二，阐述人学思潮的复现与人学研究的扬厉对新时期以来文学研究中生命视域回归的极大的促进作用。中国文学界关于"文学是人学"命题的重提与确立、文学的主体性转向是文学研究引进生命视角的理论前导和直接的理论依托。第三，对新时期以来文学创作实践中生命意识的发展脉络做出宏观透视。新时期以来文学研究中生命观念的凸显是新时期以来文学实践中生命意识不断探索的必然结果，是对新时期以来有关生命意识的文学创作实践的理论归结与提升。

　　第二章试图将学术史和文学评论相结合，爬梳新时期以来关于生命精神的文学研究状貌，重点整理并分析新时期以来不同领域具有代表性的关于生命问题的文学研究成果、重要思想和论著，选取这一时期学术界几种主要的研究形态，先对这些研究形态取得的重要成就做一个整体上的简要的概述，随后对其代表性的研究成果进行个案研究，探讨这些研究形态对生命精神在不同向度、不同意义层面的探寻、不同形态的呈现。第一节对20世纪70年代末以来古典文学研究领域从生命精神、生命意识视域解读文学作品、阐发文论精神的研究成果进行归纳梳理，以钱志熙对古典文学生命主题的研究成果作为个案，分析以钱志熙为代表的古典文学研究者对古典文学中生命问题的现代阐释和对古典文学中生命精神资源民族传统意蕴的深层发掘。第二节对文学生命问题的美学研究形态进行总体考察，以封孝伦、潘知常的生命美学研究为个案分析当代生命美学以生命为逻辑起点的美学理论建构，及其还原感性生命的理论取向对文学研究中生命精神现代内涵的激活。第三节探讨新时期以来文学研究者对现代新儒家文艺美学中的生命精神理论的发现和研究，分析现代新儒家文艺美学中复归与创造性转化民族生命精神的理论创构对文学研究中生命精神内涵的民族内质与世界性因素的融合及其呈现。

第三章结合伽达默尔关于视域融合的阐释学理论，分析在中西视域融合的背景下，新时期以来不同文学研究形态对生命内涵阐释与生发的不同取向及其对中国文学研究发展的主要趋势和方向的影响。同时，梳理新时期四十余年生命问题研究的语境性发展，试图探寻中国文学研究在新时期以前和新时期以来两个不同的发展阶段中生命概念内涵的嬗变，揭示这两个不同发展阶段文学研究中的生命精神所具有的不同特色及其对新时期以来文学研究者的深刻的启示意义。第一节主要论述古典文学研究基于传统的生命理解对唤醒文学研究的当代意识的重要的促进作用。第二节主要阐析生命美学理论偏重感性存在和个体形态的现代意义上的生命理解及由此衍生出的文学研究的感性化发展趋向。第三节主要考察现代新儒家民族本位的生命阐发在新时期以来现代新儒家文艺美学研究中的呈现对当代中国文学研究世界视野形成的深远影响。第四节主要梳理了新时期前后文学研究中的生命思想的嬗变，并对20世纪早期和新时期以来的生命思想作出了比较，探讨了新时期以来文学研究中生命思想的变化带来的启示与思考。

　　第四章的主要内容是对新时期以来文学研究的生命转向与生命精神研究范式的意义和新时期以来各种生命取向的研究形态存在的如生命概念的泛化现象、理论建构的西化倾向、哲学基础的贫弱等问题和学理上的不足进行审视与反思，同时提出自己的建议和设想。第一节主要针对新时期以来文学研究中存在的生命哲学基础的贫弱与理论建构的西化倾向，探讨如何在跨文化的相互融合、相互补充中，建立一种具有全面意义的生命哲学以对文学生命审美意识的整体性建构进行具有世界性的普遍意义的观照。第二节主要针对新时期以来文学研究中的"生命"概念的泛化现象，分析其表现、原因、应对以及由此带来的启示。

　　结语。总结、归纳、升华全文主要观点，回应前文，收束全篇。

　　在此，笔者特别说明的是，面对40余年里中国文学研究多维研究视野中有关生命问题研究的众多论著、文献、问题时，罗列众位学者的研究成果似乎意义不大，全面而准确地把握不同理论视域的理论立足点才是其至要和关键所在。因此笔者无意也无法照单全收将众多研究成果一并写入本书中，而只能就一些有代表性的问题及著述作出具体的阐释和分析，很多值得研究的学者和论著、理论、观点无法涉及或者未能展开论说和探讨。同时，由于资料积累、知识储备、个人能力、研究视界等因素所限，挂一漏万与遗珠之憾、疏失与错讹之见都在所难免，在此特别加以说明，留待日后再作补充，只期可以为相关研究提供一点参考。

第一章　文学研究生命转向的发生语境

20世纪70年代末以来，中国文学研究的发展呈现了一个十分可喜而备受关注的变化趋势，那便是越来越尊崇生命，日益重视文学对人的生命精神的观照，"生命""生命精神"和"生命意识""生命美学"成为文学研究中使用频率极高、使用范围甚广的词汇，这一变化昭示着新时期以来文学研究的生命转向。在从先秦到明清的漫长的历史积淀和文化传承中，中国文学研究至20世纪中期曾经形成和发展了以反映论和工具论为主导的文学观念，片面强调从反映论、工具论出发框定文学，因而造成对文学审美特性的漠视和文学自身本质的背离。反映论、工具论文学观的长期的独断发展，最终导致文学研究的偏狭和失衡，甚而使之异化为一种非审美性操作。随着新时期以来社会的发展和时代精神的变更，文学也重新拥有了相对独立的品格，反映论、工具论文学观的偏颇得以纠正，文学研究也发生了重要的转向。一种从生命的角度审视文学的观念也日渐浮出水面，匡正了囿圄于文学认识论、反映论、工具论、生产论、语言论等的文学观念与话语范式，拓展了文学研究的新空间，开辟了文学研究的新思路。这种从生命角度出发的文学观念将文学理解为对生命有限性的一种重要超越方式，将源于人的内在需要的生命活动视为文学活动的根本的逻辑出发点，将生命存在的自我确证、生命价值的自我实现看作文学创作的目的。文学作品作为一个生命灌注的有机整体，既是作家生命的艺术结晶，表达着作家对生命的独到体认和深层关怀，又可以直接引导读者的精神世界以实现对生命的观照、体验。此时的文学研究开始摆脱以往对文学艺术的外部评价的倚重，转向对内部生命的观照，强调文学艺术对人形而下的生存欲望的关注和对形而上的生命意义的思考，意图发掘文学艺术内在的、深层的生命价值与意义，因此更加贴近文学艺术自身的特质，同时也将对文学艺术的认识上升到了一个更高的理论层次。因而在新时期以来的文学研究中，生命精神始终是一个非常重要的关键词，学界围绕着生命精神这一核心话语所展开的相关阐释实践和理论表述凸显出中国文学研究的审美品格和价值取向。

  作为新时期以来一个具有丰厚内涵与深刻意义的文学研究命题，生命精神产生的条件与生成的土壤极为复杂，既有深刻的中西哲学思想因素，又离不开复杂的中国当代社会文化背景，也与新时期以来文学创作实践中生命精神的长期蕴蓄分不开。换句话说，新时期以来文学研究中的生命精神孕育于中西互动与新时期文化理论、政治思想、文学实践等多重因素合力推动所形成的特殊境遇中。本章首先通过对中西哲学与美学生命观的梳理，分节探讨了中国文学研究中的生命精神的中西思想理论渊源和文学研究中生命精神形成的内在思想机制；然后介绍新时期以来社会历史条件、思想文化氛围及文学创作实践对文学研究生命话语回归的引导和推动，还原文学研究中的生命思想生成的特定的理论语境和精神诉求，描述出新时期以来文学研究生命转向与中国传统生命精神和西方现代生命哲学思想以及新时期社会历史语境之间的深刻关联。

第一节　中国生命思想的传承与生命精神的历史积淀

新时期以来文学研究中的生命思想并非凭空出现。近四十年来，中国文学研究发展之快固然离不开西方这个重要的推动力，但更主要的还是因为中国文学研究扎根于中国古代哲学与文化传统这块沃土，并一直深受其直接的理论滋养，有着丰厚的历史积淀与承传。中国古代文化与哲学中的生命思想是启迪和催生我国文学研究中的生命精神的肥沃土壤。新时期以来文学中的生命问题研究的盛兴与中国文论与美学传统生命精神一脉相承。

我国古代生命思想博大精深、绵延不辍。可以说，中国古代哲学是以使人安身立命的生命价值及生命精神为中心的哲学。儒道乃至佛之思想无一不关注人的生命存在。而且中国传统哲学并不局限于客观的生命存在，不管是推崇"仁"的社会道德的儒家还是追求无为而无不为的自然状态的道家，抑或是主张以顿悟和直觉深入并无限接近"心性"的禅宗，都追求对人的生命的最内在本质或深层意识的自觉认知。张岱年就曾在《中国哲学大纲》中通过对中国哲学问题的梳理指出中国哲学乃是生命的哲学。朱良志也明确提到，"中国哲学是一种生命的哲学"[1]，这种生命的哲学"将宇宙和人生视为一大生命"[2]，生命之间"彼摄互荡，浑然一体"[3]，因而，中国哲学关心的中心问题始终是"人如何超越外在的物质世界，融入宇宙生命世界中，伸展自己的性灵"[4]。

  为了更好地理解中国古代生命哲学的思想内核，我们不妨先来看看关于"生命"这一个词语的词源和语义传统及其发展。"生"字与"命"字最初是单独使用的。张岱年指出，"生"字具有生成（化生）、生命（生灵）、生存（生养）等多个层面的含义[5]。"生"字在甲骨文、金文中就已经出现。从文字学上的构造来说，甲骨文和金文中的"生"字字形，上半部分象征草木之形，意指初生的草木，下半部分则象征土地之形，意指地面或土壤，其写法就象征着草木于土地之上滋长出来。《说文解字》中对"生"字的解释为

---

[1] 朱良志. 中国美学十五讲 [M]. 北京：北京大学出版社，2006：2.

[2] 朱良志. 中国美学十五讲 [M]. 北京：北京大学出版社，2006：2.

[3] 朱良志. 中国美学十五讲 [M]. 北京：北京大学出版社，2006：2.

[4] 朱良志. 中国美学十五讲 [M]. 北京：北京大学出版社，2006：2.

[5] 张岱年. 中国古典哲学概念范畴要论 [M]. 北京：中国社会科学出版社，1989：146.

"进也"[1]，是一个会意字。"草木生出土上"[2]，即小草从大地中破土而出，是出生之"生"，表示自然生命的发生和生长，是"生"的最原初的意思。卜辞中，"生"有两个主要的意义，一指生长，是本义，如"不其生"（南无15，丙230），一指活意，由生长之意而引申出，如"生鹿"（粹951），即是活鹿的意思。[3] 卜辞中的"生"主要就是指生长以及用以形容生长的活泼形态。后人衍生出的对"生"的解释，多与此意有关。如《广雅·释诂》："生，出也。"《广雅·庚韵》："生，生长也。"《玉篇》："生，产也，进也，起也，出也。"刘巘《易注》释："自无出有曰生。""生"还与"姓"相通，指人的生长。如《说文解字》："人所生也……从女丛生。"[4]《白虎通·姓名》："姓者，生也。人禀天气所以生者也。"朱骏声《说文通训定声》曰："生假借为姓。"[5] "生"与"姓"的假借与相通是生命的世代繁衍与彼此联系的一种直接体现。结合文字学的构造和词源学的解释，我们不难看出，在古代汉语中，"生"的本义是生长、长出，后来逐渐演变引申为生育、养育、存活等义，但都保有"生"字的最基本的含义。"生"的原初意义首先指个体事物形态的长、进、生成或者事物从无到有再到大的状态和过程。从世

---

[1] 许慎. 说文解字 [M]. 徐铉, 校定. 北京：中华书局，2004：262.

[2] 许慎. 说文解字 [M]. 徐铉, 校定. 北京：中华书局，2004：262.

[3] 朱良志. 试论中国古代生命哲学：以"生"字为中心 [J]. 传统文化与现代化，1996（2）：31-39.

[4] 许慎. 说文解字 [M]. 徐铉, 校定. 北京：中华书局，2004：262.

[5] 朱骏声. 说文通训定声 [M]. 北京：中华书局，1984：768.

间万物的生长过程看,"生"既有初生之意,又可指生长。从自然生命的各大种类而言,"生"不仅包括植物生命,而且包括动物生命以及人类生命。如从生命的存在来看,"生"与"死"是相对的。若从事物的存在状态来说,"生"乃是与死寂、僵硬相对的一种生动的、活泼的状态。所以"生"主要与生命有关,也最接近于今人所说的"生命"。因而便有《论语·先进》中的:"未知生,焉知死。"《荀子·王制》曰:"草木有生而无知。"《礼记·祭法》云:"大凡生于天地之间者皆曰命。"在古代文献和典籍中"生"字的使用频率非常之高。我们在现代语境中使用的与"生"相关的词语,如"生意""生气""生机""生动""生活""生存""生发""产生""达生""顺生""畅生"等等说法都承载原初意义的"生"而来。

而"命"一字,从字形上看是由"口""令"二字合体而构成的,本义在《说文》中解释为"使也",有祈使之意,朱骏声按:"在事为令,在言为命,散文则通,对文则别。令当训使也,命当训发号也。"《诗经》《尚书》等文献资料中的"命"字主要就是指这个意思。"命"暗示是一种冥冥中难以把握的力量。《易·乾》载:"乾道变化,各正性命。"[1]孔颖达有疏云:"命者,人所秉受,若贵贱寿夭之属是也。"《论语·颜渊》:"商闻之矣,死生有命,富贵在天。"后来引申为生命、寿命。《论语·雍也》记:"有颜回者好学,不迁怒,不贰过,不幸短命死矣。"[2]其中"命"即指生命、寿命。对于"命"字的关注是对"生"的一种自觉的理性认识和观照。古

---

[1] 金景芳,吕绍刚.周易全解[M].上海:上海古籍出版社,2005:12.

[2] 杨伯峻.论语译注[M].北京:中华书局,1980:55.

人所谈的"生命"与我们现在所讲的"生命"并不完全一样。古人所讲的"生命","生"是"生","命"是"命",彼此分殊又紧密联系,在具体使用中,"生"与"命"既可以互训,即"生"也是"命","命"也是"生",也常组合为一。但"生"与"命"独立使用时又各有其特定的内涵。至于合成词"生命",最早可见于先秦时代。《战国策·秦策三》有:"万物各得其所,生命寿长,终其年而不夭伤。"[1]《北史·源贺传》云"臣闻人之所宝,莫宝于生命。"[2]清代纪昀的《阅微草堂笔记·滦阳消夏录四》曰:"葆养元神,自全生命。"这些中国古代文献典籍中所使用的"生命"一词的含义已完全适用于现代意义。现代人对生命的理解,也主要是指生命的产生及其延续。

通过对古代汉语中"生命"一词的词源发展与界定的考察,不难从中窥见中国古人对生命的深沉的认识与思考。数千年前的早期社会先祖们对生命的尊崇促进了生命认识的理性飞跃,一种将生命视为宇宙万物本性的理性自觉也随之形成。虽然先祖们眼中的所谓"生命"更多指向的是自然的生命,亦即外物生命和生理生命,与我们现在所说的"生命精神"还有着很大的区别,而且也缺乏对"生命"的理论概括与升华。但古人把自然生命看作天地万物的本性的观念实际上已接触到"生命精神",也就是那种世界万物背后的流淌不息的无所不在的"生生"宇宙。因而中国

---

[1] 高诱.战国策[M].北京:商务印书馆,1958:46.

[2] 李延寿.北史[M].北京:中华书局,2000:672.

早早就有了用生而又生、不断生化、不绝往复的生命观点来看待天地、万物,大自然中的一切都具有生命形态与生命活力的"生生"哲学。"生生"之学是中国哲学的"元哲学",这种生命的"生生"可以理解为中国哲学的统领性概念。

许多哲学家把中国的生命哲学思想溯源到《周易》,其中"天地之大德曰生""生生之谓易""生生而有条理""天行健,君子以自强不息"等著名思想都充满了对生命的关怀。中国古人除了用"生之谓性""天地之大德曰生"这样的庄严命题来表达"生生"哲学的观念,还有扬雄所云"天地之所贵曰生",庄子《达生》开篇之:"达生之情者,不务生之所无以为;达命之情者,不务知之所无奈何……生之来不能却,其去不能止",都有力地概括了中国哲学的这种"生生"精神。这其中所说的"生",早已非仅指具体的、外在的或自然的、生理的生命,而更多指向一种从这种自然或生理的生命形态及其滋生和延展所抽绎、衍生出的一种作为天地本性、宇宙本质的生生不息、生生不竭的天地创造精神,已经抽象为一种哲学精神形态,升华成为一种贯彻天地人伦的精神和一种创造的品性。这种从哲学中彰显、抽取的生命精神正是古代中国人对生命和宇宙本性的理性认识不断深入的结果。中国传统"气"的哲学将人与宇宙自然视为混沌一体的生命流行,认为生命是"气"的聚散转化,极富生命意味,也是中国文化和哲学重生特质的反映。此外,从儒道之学看,虽然儒家从社会的角度较多关注的是道德生命、现实生命,道家则从自然的角度更看重的是自然生命、生命超越。但他们无一例外都把世界看作一个大化流行、生生不息的大生命体,关注生命最深层次的内涵,以人的生命长久与安宁为价值取向,生命论的印记十分鲜明。正是中国文化和哲学资源中的这些一以贯之的重要思想深深滋养了中国人厚重悠远的生命之思。

中国先人的哲学智慧及其深蕴其中的活泼泼的生命精神不可避免的延伸到包括文学在内的各种艺术,直接影响到中国人审美态度与艺术精神的形成。由生化生、创造又创造、新新不停的这种生生不已的动态的循环往复,不仅代表着生命的本真,而且也意味着艺术的本真。中国哲学对生命的崇拜和对生命精神的追求,在中国文论和美学传统中得到了最充分的体现,同时也形成了中国文论和美学中独特的生命观。宗白华在其《美学散步》中也不止一次地对中国艺术是生命的艺术这一观点进行了充分的强调。朱良志通过对中国艺术门类的研究和中国古典美学范畴的梳理指出:"中国美学主要是生命体验和超越的学说。"[1] 黎启全也认为中国美学的"气""道""风骨""神思""妙悟"等一系列范畴都是以"生命"为轴心的,并说:"从广阔的中国艺术领域向深厚的中国哲学的理论高度突进和升华的重要环节之一的中国美学,也必然是生命的美学"[2]。在中国古人的眼中,生命是宇宙万物之始源,生命也即是文学艺术之本性,因而力倡从生命精神的维度去弘扬文学艺术精神。文学活动是一种生气灌注的生命活动,文学艺术

---

[1] 朱良志.中国美学十五讲[M].北京:北京大学出版社,2006:2.
[2] 黎启全.中国美学是生命的美学:中国美学范畴和命题历史发展的必然流向和归宿[J].贵州大学学报(社会科学版),1992(2):21-29.

作品本身是一种有机的生命形式。恰如学者们所言，作为人的生命的结晶，文学艺术作品不但其结构形式体现出人的生命特征，而且和人的生命体一样，它也是有血有肉且生机盎然的；文学艺术作品源于生命又表现生命，它以其生动的生命形式给我们带来不尽美感[①]。文学艺术成为对生命精神的诗性呈现。中国古典文论和美学的诸多范畴、命题、观念都深深打下了"生命"烙印，如"诗言志""诗缘情""文以气为主""风骨""体性""韵味""气韵生动""神韵""滋味""性灵""肌理""格调""传神写照"等等皆如是，也都可以作为中国文论和美学生命精神贯注、洋溢的例证。

在浩如烟海、无比灿烂的中国古代文学作品中，对生命精神的表现也甚是可观。古代文学的主流是诗歌，诗歌主流又非抒情诗莫属。古人之生命精神通过抒情诗源源不断流泻出来。如古诗十九首里的劝勉："昼短苦夜长，何不秉烛游"；陈子昂的悲歌："前不见古人，后不见来者"；李白的吟唱："相看两不厌，只有敬亭山"；杜甫的喟叹："感时花溅泪，恨别鸟惊心"……他们借助文学艺术尽情表达出个体生命历程中自我心灵深层的生命的欢乐、压抑、悲哀，对爱恨生死的深切体认，对生存困境的痛彻感悟，对生命个体存在及价值的执着追问，散发出浓郁扑鼻的生命气息。有研究者曾指出，中国古代诗歌的发展历程印证了生命文化的精神追求的不断深入，它可以说是人类生命意识逐渐提升的过程[②]，

[①] 朱志荣. 中国美学简史[M]. 北京：北京大学出版社，2007：12.

[②] 黎启全. 中国美学是生命的美学：中国美学范畴和命题历史发展的必然流向和归宿[J]. 贵州大学学报（社会科学版），1992（2）：21-29.

"从'诗言志'到'诗言情'反映了先秦至汉魏千余年间，对人的内在精神生命的向往；从'传神写照'到'气韵生动'反映了魏晋以来对活生生的个体生命的追求；'意境'则显示了明清以来，经中西方哲学、美学、文学、思想之交流融合后，近代中国人对自由生命的渴望"①。从中我们不难看出生命精神在中国文学创作中的具体实现和中国传统哲学的生命精神对中国文学理论的影响。中国古人不仅以诗意的眼光打量世界，更是通过文学艺术来展现对生命精神的不倦追求。

关于中国古典哲学与美学中的生命观念这个问题学界谈论已多，故笔者在此姑且从略，只是稍做提挈。中国古代哲学、美学和中国古代文学艺术中的生命精神交会凝结共同构筑了一个圆融通贯的思想体系，之后，对生命的关注一直隐含和贯穿在中国哲学和美学发展的始终，甚至于现当代学者中也远不止一位明确提出过中国美学就是生命美学的观念。显而易见，中国传统哲学和古典文论与美学传统中的生命思想是新时期以来文学研究中的生命精神的根本的理论源泉。如果没有这一生生不息的源头活水，又何来当下文学研究中蓬勃发展、特色鲜明的生命精神？西方生命哲学美学思想之所以能够早在中国文化现代建构之初期引起王国维、宗白华等中国大哲的共鸣，其深层原因就在于中国文化和哲学土壤中本身便孕育着生命之思，西方现代生命哲学与美学的渐入建立在中国本土传统哲学与美学自身的内在基质之上。中国

---

① 黎启全. 中国美学是生命的美学：中国美学范畴和命题历史发展的必然流向和归宿 [J]. 贵州大学学报（社会科学版），1992（2）：21-29.

传统哲学美学蕴涵的生命论精髓，仍是我们在建构当代美学形态和文学理论时的重要参考。

第二节　西方生命哲学的传入与生命精神的现代自觉

新时期以来文学研究中的生命思想的生成是中西方生命思想对话的产物，是文学研究在由传统向现代转型的过程中与西方文化的冲突、对立与融合中完成的。新时期文学研究中的生命思想的诞生因缘就其理论源头来说主要在于中国传统文化与精神，中国文化和哲学的生命观是生命精神的内在机制和思想渊源，而对于西方哲学与美学的借鉴也成就了生命精神所具有的现代性品格，最终达到了一种理论的外来移植与民族内在追求的相对统一。

一、西方现代生命哲学思想的中国之旅

无论中学抑或西学，从未停止过对生命的思考，从源流上来说无疑能够为文学研究提供丰富的理论资源。希腊的生命哲学美学思想是西方生命思想的源头，西方文化传统由古希腊时代延续至19世纪，可以说对生命的理解都偏重理性因素，往往将人视作理性的代表，把人和宇宙万物都看作由某种物质性的元素构成，并且具有同一本质。但随着文艺复兴对人的重新发现和启蒙时代民主精神的广泛洗礼，西方哲学逐渐呈现出重视个体生命、自由意识和个人价值的生命观念。在西方数千年的文化发展进程中生

命哲学美学思想或明或暗，绵延不绝，生命研究学说纷纭林立，百家争鸣，而其中对中国现当代文学、美学最具影响力和启迪性的无疑是西方现代生命哲学美学。新时期以来，西方现代生命哲学无疑已经成为中国文论与美学建设的重要的理论话语和思想资源，从思维方式、文艺观念、理论格局、精神向度等多个方面促进了中国文论与美学的当代发展。

以法国哲学家柏格森为首的西方现代生命哲学是作为西方近代理性主义、科学主义的反拨而出现的。17世纪，笛卡尔著名的哲学命题"我思故我在"确立了人的理性的优先地位。笛卡尔清晰而明白地区分了自我和对象、心灵和身体，并将人对所处世界的认识以及人与所处世界的关系的反思起点建立在作为理性实体的自我之上。笛卡尔的这种从自我理性出发建构的哲学体系在后世得到了进一步的发展，理性主义哲学在西方哲学史上开始占据主导地位。西方传统理性主义发展到德国古典美学已然步入最高阶段，康德的"三大批判"、黑格尔的"美是理念的感性显现"进一步巩固了理性的主导地位。理性主义崇拜理性，使之成为绝对的至上权威和衡量一切的唯一标准。对理性的过度捧场使得原本以彰显人之独立自主性为初衷的理性主义最终走向自身的对立面，个体生命的感性维度一度被理性的逻辑推演拒斥、遮蔽，人沦落为一个抽象的、概念化的理性动物。西方传统理性主义哲学对形而上和纯粹理性的追求带来理性中心主义和绝对主义的膨胀，不断将人引向外在于人的物质、知识逻辑和工具世界，导致科学主义、工具理性甚嚣尘上，造成主客观的割裂和对生命本身存在的关注的缺席。伴随着科学技术的迅猛发展和社会历史的巨大变革，无所依傍的生存处境和莫大的沮丧彷徨使人们渐渐地由对理性的崇尚转为对理性的怀疑。

18世纪末、19世纪初是西方哲学由传统向现代转型的一个重要时期。正是针对近代科学主义、工具理性泛滥忽视人的生命存在与非理性因素的弊端，因此，在由传统向现代的转型中，西方哲学逐渐改变传统的主客相分的理性思维模式，将对世界本原的寻找从外在客观对象开始转向对内在生命自身的探究，尤其重视恢复人的感性生命维度，强调与自我、心灵相关的意志、欲望、直觉、情感等非理性因素，实现了以理性为中心向以感性生命为中心的巨大转变，试图颠覆理性主义并通过非理性的方式来认识世界和把握世界。以柏格森为代表的西方现代生命哲学应运而生，并在这场西方哲学的重大转型中脱颖而出。西方现代生命哲学将生命冲动看作世界本原，主张以直觉去体验生命，强调自由意志的价值以及非理性的意义，确立了感性生命的主体地位，哲学功能也开始逐渐向对生命自身的存在和发展的思考转变，直接而有力地推动了现代西方的非理性主义思潮，使个体生命现象日益成为瞩目的焦点。

当西学东渐的历史进程推移到五四新文化运动时期，西方现代生命哲学似乎一瞬间便成为中国学界注目的焦点。1913年，钱智修的《现今两大哲学家学说概略》在《东方杂志》第10卷第1号上发表，该文对柏格森、倭铿进行了专门的介绍，西方生命哲学开始传入中国。1921年12月李石岑主编的《民铎》出版第3卷

"柏格森号",当时的众多哲学研究者都纷纷执笔写稿,阵容蔚为壮观,将西方生命哲学在中国的传播推向高潮[①]。五四的会通中西虽然为中国渐入西方文化和思想,但之后随着时局的改变,文学研究的发展便很快又走上僵化保守的老路。20世纪70年代末以来随着中国社会的全面改革开放,中国学人已经不再满足于单一文化形态的本位思考,而重新把目光投向西方,尽管难免囫囵吞枣生吞活剥,但这种引进和吸纳却无疑启发了中国学人的研究观念和思维方法,使我们看到了传统生命观念中的种种乖谬和不尽合理之处,开阔了文学研究的视角与思路。也正是在这样的时代氛围之中,西方现代生命哲学美学理论在文化大潮的裹挟之下进入新时期文学研究视野,西方现代生命哲学继五四以后的又一个东渐的高潮来临。商务印书馆、三联书店、译文出版社成为译介和传播西方现代生命哲学美学思想的重镇,掀起了一阵又一阵译介和接受西方现代生命哲学思想的热潮,赋予了我们思考生命的全新视角。新时期以来,我国学者对西方生命哲学美学思想做了大量的翻译、介绍和传播工作,对文化领域的思想解放、文学创作主题的深化和当代学术研究的发展有着极大的促进,也为新时期以来文学研究生命观念的发展提供了异域理论的比较与参照。

1781年,"生命哲学"一词在卡尔·菲利普·莫里兹的《生命哲学论文》中第一次被使用。后来,随着以达尔文的《物种起源》出版、斯宾塞的机械进化主义这些新兴的生物学理论为标志

[①] 董德福.生命哲学在中国[M].广州:广东人民出版社,2001:78.

的生物学的发展和愈演愈烈的人类社会和人类自身的各种异化的出现，生命哲学美学开始兴起。1827年，弗里德里希·施莱格尔出版了《生命哲学讲座》一书，提出"要抛弃黑格尔那种关于'绝对'的思想，转而研究精神的内在生命，建立以心灵为核心的生命哲学。"[①]从此生命哲学一跃而起并且迎来全新的黄金发展时期。本书所指西方现代生命哲学美学不是一个严格意义上的统一的哲学美学流派，对生命本身的理解也有很大差别，但在对理性主义哲学传统的反动和对生命感性形态的重视上却趋向一致，包括叔本华、尼采的唯意志论，狄尔泰、柏格森的生命哲学，弗洛伊德的精神分析学，海德格尔的存在主义哲学思潮。在这里，笔者之所以把叔本华、尼采、弗洛伊德、海德格尔也指认为生命哲学家，是因为在对意志、本能、直觉、感性生命价值的强调上他们和柏格森等人的共性要远远大于差异性。他们都为新时期以来中国文学研究提供了重大的理论启示。

虽然卡尔·菲利普·莫里兹和弗里德里希·施莱格尔提出了"生命哲学"的这一术语并且作出了一些初步的论述，为西方现代生命哲学美学的兴起奠定了一定的基础。但西方真正意义上的现代生命哲学美学体系的建立，是从叔本华和尼采开始的。叔本华是带着对传统理性主义哲学的叛逆姿态出现的首位西方现代生命哲学家。叔本华以生命意志为核心建构了他的生命哲学理论。叔本华认为世界的本质就是生命意志，它盲目神秘而无法遏止，是

[①] 王晓华.西方生命美学诞生的逻辑因缘与基本维度[J].深圳大学学报（人文社会科学版），2004（1）：95-100.

一种强大的、不受理性支配的生命冲动。生命也是文艺创作中"一种不可遏止的生命冲力",一切现象世界都是它的表现、客观化。早在 20 世纪初期西学东渐的滚滚热潮中,叔本华思想便经由王国维进入了我国学界。1903 年,王国维第一个把叔本华思想介绍到中国,自此之后,叔本华思想便开始为中国学术界所熟知并接受。王国维深受叔本华的影响,王国维对中国美学与文论的现代转化正是从叔本华的生命意志理论入手的。长期以来个体生命都在中国传统生命哲学的关怀之外,王国维正是借助叔本华的生命意志理论实现了生命的个体维度的转换和对生命意义的现代性理解。1920 年王统照也在其《叔本华与哈特曼对于美学的见解》一文中向中国学人推荐了叔本华的生命意志理论。20 世纪 80 年代以后,中国学界对叔本华的介绍和研究日益丰富,如《叔本华》(刘景泉,1990)、《一个悲观者的创造性背叛》(陶黎铭,1990)、《叔本华》(邓安庆,1998)、《意志与超越》(金惠敏,1999)、《意志及其解脱—叔本华哲学思想研究》(黄文前,2005),这些著作纷纷对叔本华思想进行了全面的介绍与探索性的阐发,使叔本华的生命理论逐步深入人心,进一步开拓了中国学者的研究视野。

尼采以对生命的热烈思考进一步阐发了叔本华的生命哲学思想。正如周国平所说:"尼采哲学的主题是生命的意义问题。"[1] 尼采生命哲学理论的全部内容都是在发现生命的内涵、探索生命之价值。尼采宣布上帝已经死亡,要求"重估一切价值",包括生命

---

[1] 周国平.略论尼采哲学[J].哲学研究,1986(6):18-26.

的价值，认为应该建立以人为中心的生命观。尼采认为生命的核心是"强力意志"，是一种永不停息的创造力。尼采深刻地阐述了个体感性生命的本质，强调感性肉身是生命的基点、强力意志的主体，流露出一种强烈的肉身化的感性主义美学色彩。尼采指出，蓄积冲创的意志是生命及其存在中最好说明的形式，追求更多力量是生命的本质[1]。因而，尼采认为生命的意义和价值在于人的生命力之大小与强力意志之强弱，生命的快乐则来源于不断的生命创造和与苦痛抗争的生命体验。尼采把艺术看作是最本真的生命。他说："艺术是生命的最高使命和生命本来的形而上活动"[2]。由此我们也可以见出，叔本华视艺术为面对人生痛苦时的心灵慰藉，而尼采则更多地将之看成与人生苦痛抗争时生命和欲望的纵情狂热。尼采的哲学与美学在中国产生了巨大的影响。20世纪初至20年代之间，王国维、胡适、鲁迅、茅盾等一批中国著名学者便对尼采的作品进行了一系列的翻译、介绍和研究。1902年，梁启超在《新民丛报》上撰写的《进化论革命者颉德之学说》一文中第一次提到尼采，称尼采哲学为"尼志埃之个人主义"。1904年，王国维发表《叔本华与尼采》第一次介绍尼采的学说。鲁迅和郭沫若都曾经部分翻译过尼采的《查拉图斯特拉如是说》。1907年，鲁迅撰写了《文化偏至论》对尼采的"张大个人之人格"，"尊个

---

[1] 尼采.查拉图斯特拉如是说[M].钱春绮，译.北京：生活·读书·新知三联书店，2009：64.

[2] 尼采.查拉图斯特拉如是说[M].钱春绮，译.北京：生活·读书·新知三联书店，2009：64.

性而张精神"的学说进行了介绍和赞崇,称赞尼采为"斯个人主义之至雄杰者矣"。鲁迅深受尼采的影响,曾将尼采生命哲学作为改造国民性的有力思想武器。尼采的生命哲学和美学在鲁迅的《摩罗诗力说》等著作中便可以见出影响。"据统计,《鲁迅全集》中提到尼采的有22次之多。"[①]鲁迅的思想中明显带有尼采的影子。茅盾在1920年初写了《尼采的学说》一文对尼采的传略、著述、思想多有涉及。1920年8月,《民铎》杂志尼采专号刊载了李石岑的《尼采思想之批判》等文章,全面介绍尼采。尼采在20世纪初至20年代的中国文艺界和思想界产生了无法磨灭的影响。20世纪初至20年代中国学界对尼采生命哲学的接受主要倾向于偶像破坏、个性张扬的"个性主义"。之后一段时间内,尼采学说一度遭致冷落。新时期以来,随着中国思想文化场域的巨变,尼采哲学中以人的生命为价值标尺的合理内核再次得到中国学人的提取,尼采思想从沉寂重新走向复苏。20世纪80年代中国出现"尼采热"。1986年,周国平的《尼采:在世纪的转折点上》一书经由上海人民出版社正式出版,在当时引起了很大反响。1985年春在北京,台湾学者陈鼓应于中国文化书院的邀约下专门做了《尼采哲学与庄子哲学的比较研究》的学术讲演。随后的第二年秋冬之际,他又在北京大学的相请下做了《尼采哲学的价值重估》的主题演讲。1987年12月,陈鼓应的《悲剧哲学家尼采》由三联书店出版。20世纪90年代,在大量研究尼采哲学的论文纷纷得到发表

[①] 王元明.20世纪尼采哲学在中国的盛衰[J].南开学报(哲学社会科学版),1999(1):23-29.

的同时，1990年湖南教育出版社出版了周国平的《尼采与形而上学》，1992年中国人民大学出版社出版了杨恒达的《尼采美学思想》，深入分析了尼采的哲学和美学思想。21世纪后的中国思想界，仍然有很多学者如何仁富、杨玉昌、陈炎等对尼采进行着深入而广泛的研究。叔本华和尼采以"生命意志"为出发点所构建的哲学美学体系可以说是最原初意义上的现代西方生命哲学。叔本华和尼采强调生命的冲动、创造和狂欢的学说在传入中国之初对多数中国知识分子来说自然是鲜有所闻、振聋发聩的，因而尼采、叔本华激扬生命力的精神很快被当作一剂拯救当时萎靡衰弱的国民生命的良药。虽然后世中国几代哲人、作家对叔本华、尼采的接受各个不一，但不可否认的是，他们都对叔本华、尼采激扬生命力这一点怀着极其浓厚的兴趣。

狄尔泰将自己的哲学称为"生命哲学"，因而促使后人将生命与哲学或美学联系起来作为一个命名并进入历史，主要应归功于他。狄尔泰对人的精神生命、精神生活的重要性极为强调。他认为，生命的内核是体验。而且在狄尔泰看来，相比哲学和宗教，艺术最能揭示生命。艺术创作应该关注人的个体生命价值。他说，诗的问题是生命或者生活的问题，也即借由体验生活而实现生命价值超越的问题[1]。进入21世纪后，狄尔泰的部分代表著作才被陆续翻译、传播到中国学界来。2002年，中国城市出版社出版了艾彦翻译的《历史中的意义》和童奇志、王海鸥翻译的《精神

---

[1] 胡经之. 西方文艺理论名著教程[M]. 北京：北京大学出版社，1989：36.

科学引论》，这两本狄尔泰的译著在中国学界首开先河。2003年，北京三联书店紧随其后，出版了胡其鼎翻译的《体验与诗》。紧接着，2004年华夏出版社出版了由赵稀方翻译的《人文科学导论》。这些译著的出版发行使狄尔泰的思想在中国得到了广泛而快速的传播。

法国哲学家柏格森生命哲学体系的核心概念是"生命冲动"，他直截了当地提出了"生命冲动"学说。柏格森认为生命是一种冲动和绵延。"生命冲动"是宇宙、世界的本原，即"意识的绵延"，不仅创造了世间包括人在内的万物，并且本身始终处在一种不断变化生成的创造过程中，而直觉是认识世界本原的唯一根据。物质只是生命冲动进化过程中的障碍物，而理性只能认识物质作为精神进程的障碍物的这种本性，生命意识的绵延只有通过直觉才能得以印证。[①] 柏格森反对理性传统的思想与叔本华和尼采并无二致，实乃一脉相承。正是在柏格森生命学说的广泛而深远的影响下，生命哲学迅速传播到了世界各个角落，发展成为一种显学。作为20世纪初西方最有影响力的思想家之一，柏格森的生命哲学不仅在西方学界引起了巨大轰动，而且对中国思想界的影响恐怕也是常人难以企及的，流波所及，至今未已。20世纪初期的中国学界便曾涌动着"柏格森热"。张东荪将柏格森的代表著作《创造进化论》译成中文《创化论》，对柏格森哲学在中国的传播产生重要影响。中国思想界专门研究柏格森的文章也随即纷纷出

[①] 朱立元. 当代西方文艺理论 [M]. 上海：华东师范大学出版社，1997：77.

现：如《柏格森之哲学》(刘叔雅)、《柏格森与现代哲学》(张东荪)、《读柏格森的创化论杂感》(宗白华)、《生之哲学》(方殉)、《柏格森的哲学方法》(冯友兰)、《评柏格森的〈心力〉》(冯友兰)。不仅如此，梁启超、林宰平、张君劢等更是慕名前往法国直接拜访了柏格森。1921年12月，《民铎》3卷1号更是特别开辟了"柏格森专号"，集结发表了《柏格森哲学与罗素的批评》(张东荪)、《柏格森玄学导言》(蔡元培)、《柏格森精神能力说》(柯一岑)、《柏格森哲学与唯识学》(吕徵)、《唯识家与柏格森》(梁漱溟)等一批当时国内关于柏格森研究的重要成果，使柏格森的生命哲学美学思想在中国得到更全面更深入的介绍和传播，对中国现代哲学美学与文艺理论产生了不可估量的影响。20世纪早期的中国的生命哲学思潮，最初正是受到柏格森学说的启发。梁漱溟、熊十力、张君劢、鲁迅、郭沫若、方东美、宗白华等，无不深受柏格森的影响。梁漱溟曾经明确指出，西洋生命派哲学是他思想的主要根源之一[1]。熊十力则将生命论的发现与《新论》的发明相提并论[2]。张君劢则认为柏格森的学说契合了东西方人的共同心理[3]。1924年鲁迅在《苦闷的象征》译文的引言中通过对厨川白村的称赞而间接地表示了对柏格森生命哲学美学思想的欣赏，称柏格森思想为一流的哲学。[4] 郭沫若曾在1920年2月15日亦即《生命底文学》发表前一

---

[1] 梁漱溟. 朝话 [M]. 北京：世界图书出版公司，2010：102.

[2] 熊十力. 与友论新唯识论 [J]. 学原，1947，1（6）：10-11.

[3] 张君劢. 张君劢集 [M]. 黄克剑，主编. 群言出版社，1993：166.

[4] 鲁迅. 苦闷的象征 [M]. 北京：人民文学出版社，2007：4.

周给宗白华的信中提到柏格森的思想，并且认为艺术家们很容易认同和倾向于柏格森的生命哲学[①]。从中，我们都不难见出柏格森生命哲学美学思想在当时文艺界的广泛影响。新中国成立后由于多方面的原因，柏格森被当作极端唯心主义遭致冷落，直至20世纪80年代，柏格森在中国的传播与研究才重新焕发生机。柏格森的许多著作不仅有了新的译本，而且多数是从法文直接翻译过来的。其代表著作《创造进化论》出现了五个不同的译本。1988年由上海三联书店出版的《生命冲动——柏格森和他的哲学》（陈卫平、施志伟），1998年四川人民出版社出版的《生命冲动——重读柏格森》（李文阁、王金宝），2000年由北京大学出版社出版的《重新发现直觉主义——柏格森哲学新探》（尚新建）三本专著对柏格森哲学进行了重新的介绍、评价。同时，柏格森的生命美学思想也迅速进入了文学研究者的视野。从国内各种版本的西方文论、美学选本中不难看出柏格森在文艺领域的显著地位。这些都为柏格森思想在新时期中国的广泛传播提供了积极而有力的条件。新时期以来的文学生命本体论思潮和意识流小说的兴起都明显受到柏格森美学思想的影响。

弗洛伊德精神分析学派的无意识理论和性本能理论对中国文学研究生命意识的深化同样影响甚巨。弗洛伊德对人的无意识本能冲动在文学艺术创作中的作用格外重视，认为文学艺术是生命原欲的转移和升华。弗洛伊德认为生命的核心内容和动力是性本

---

① 郭沫若. 沫若书信集 [M]. 黄淳浩, 编. 济南：泰山书局，1933：41.

能，本能等同于生命。伊格尔顿就曾指出，弗洛伊德视性欲为人类生命的核心这一主张是泛性欲批评中的合理成分，也是构成人类一切活动的因素[①]。精神分析学派的性本能和性欲动力学说体现出一种对生命本体的关注，表达了一种现代生命观。根据林基成的《弗洛伊德学说在中国的传播：1914—1925》一文的研究，早在1907年，王国维翻译的丹麦惠佛丁的《心理学概念》中便已提到了"无意识"这一概念。1914年，《东方杂志》第10卷11号刊载了钱智修的《梦之研究》一文，对弗洛伊德的释梦学说做了较为简单的介绍，其中提到："梦的问题，其首先研究者，为福留特博士，Dr. Sigmunt Freud"。1916年，《东方杂志》的译文《晰梦篇》则较为细致地介绍了弗洛伊德的释梦理论。[②] 从20世纪80年代开始，我国陆续出版了弗洛伊德的各种著作，介绍弗洛伊德学说的文章也不断见诸各大杂志报纸，这些著作和文章对弗洛伊德的思想做了较为全面的引进和介绍，对我国哲学界和文艺界产生了巨大而深远的影响。1981年，《文艺理论研究》杂志第3期同时推出《创造性作家与昼梦》《弗洛伊德与文学》《弗洛伊德》三篇文章，集中推介弗洛伊德的精神分析理论。此后，高觉敷分别于1984年和1987年翻译出版了精神分析理论著作《精神分析引论》《精神分析引论新编》。据统计，仅1986年一年间就有商务印书馆等几十

---

① 特里·伊格尔顿.文学原理引论[M].刘峰，等译.北京：文化艺术出版社，1987：192.

② 林基成.弗洛伊德学说在中国的传播：1914—1925[J].21世纪，1991（4）：20-31.

家出版社[①]出版了各类精神分析理论译著。精神分析相关的文章大量而快速增加，各种精神分析大部头理论译著也大规模争相出版，使得中国在1986—1989年之间到达了精神分析理论译介传播的高潮[②]。精神分析理论在中国的译介与传播，打开了国人的理论视野，唤起了人们对个体生命的尊重，对个人价值的关注。对弗洛伊德学说的接受与运用为中国哲人和作家反思人的价值和命运以提升生命认知深度方面提供了极其宝贵的理论资源，对中国的文学创作和理论产生了重大的影响。一方面，创作领域相继产生了一大批受到弗洛伊德主义影响甚至直接根据这一思想观念而写就的文学作品；另一方面，精神分析批评也成了一种非常重要的批评方法，在文学批评领域得到了广泛运用，并出现了不少精神分析批评的上乘之作[③]。新时期以来中国文学正是通过对生物本性与性欲本能的暴露描写，对自然生命状况与深层人格实相的写实揭示，表达着对新生命观念的追求，显现出明显的精神分析思想的印痕。

[①] 据刘智跃在其博士学位论文《颓圮的边界与生命的回响—精神分析学说与新时期小说》（苏州大学，2006年）中的研究与统计，这几十家出版社主要包括：商务印书馆、作家出版社、湖南人民出版社、安徽文艺出版社、北京三联书店、中国展望出版社、中国民间文艺出版社、上海译文出版社、北方文艺出版社、浙江文艺出版社、四川人民出版社、甘肃人民出版社、工人出版社等。

[②] 刘智跃.颓圮的边界与生命的回响：精神分析学说与新时期小说[D].苏州大学，2006：5.

[③] 魏娟.新时期以来的精神分析文学批评的本土流变[D].华中师范大学，2007：3.

一度成为新时期理论界"显学"的弗洛伊德精神分析学说对生命的新发现深深震撼并改变了新时期以来文学中人的生命观念，推动了新时期以来文学研究中生命精神的发展。

萨特和海德格尔的存在主义哲学视人的生存和存在为一切的基础，因此也常常被看作西方现代生命哲学美学的创造性发展。萨特存在主义哲学和美学的基本出发点是其提出的"存在先于本质"这一重要命题。正是因为人的存在先于本质，所以，人应该珍惜短暂的生命，在生而有限的历程中找寻到生命意义之所在。萨特的"人的本质就是绝对自由""个人选择自由""自我实现""他人就是地狱"等存在主义思想抨击既有价值观念，力主人性自由，又激发生命活力，倡导在自我创造中实现个体生命价值，对新时期的中国产生了强而有力的影响。20世纪40年代的中国学界便开始了对萨特的哲学思想和文学作品的译介。钱钟书、徐仲年、陈石湘和罗大冈等均表现出了对萨特的兴趣和关注。20世纪40年代，《明日文艺》《文学杂志》和《大公报》等刊物相继展开了对萨特思想及其作品的翻译、介绍。新时期以来，萨特的译介热潮更是一波紧接一波。《外国文艺》于1978年1月号发表了由林青翻译的剧作《肮脏的手》。以后，萨特的小说、戏剧、评论、文艺思想等也被陆续译介到中国，对年轻一代极具吸引力。1980年《当代外国文学》在创刊号上发表了剧本《禁闭》、短篇小说《墙》等萨特作品的译文。柳鸣九对萨特的哲学思想和文艺思想进行了专门的研究，其主持编译的《萨特研究》于1981年由中国社会科学出版社正式出版。萨特思想之所以能够在20世纪70年代末80

年代初的中国得以迅速传播和被广泛接受在于其与当时中国社会现实和知识分子心理有着一定程度上的某种契合与一致。王宁就曾指出,萨特在1976年以后译介到中国来之初,主要是以作家身份被介绍给了中国文学界,萨特的文学作品通过对人的异化、人与社会的格格不入的描写提出了恢复人的尊严的主张,这与当时中国文坛流行的伤痕文学颇有不谋而合之处[①]。20世纪80年代中期以后,萨特作品更是被大规模地译介到中国,"萨特热"一度风靡全国。据学者的统计,当时有17种萨特作品的单行本、文集被11家出版机构翻译、出版、发行[②]。萨特的《禁闭》等代表剧作也反复多次在中国舞台上演。萨特的存在主义哲学和文艺思想广泛而深刻地影响了"伤痕文学""先锋派"和"新写实"小说等新时期创作思潮。徐星、刘索拉、格非、潘军、残雪、朦胧诗人……这一系列作家都可以说受到了萨特的影响,正如研究者所言,"你

---

① 王宁.西方文艺思潮与新时期中国文学[J].北京大学学报,1990(4):51-60.
② 吴格非.从译介到接受:萨特作品在中国的传播与影响[J].当代外国文学,2002(4):136-141.该文统计的十一家出版机构和翻译、出版、发行的十七种萨特作品的单行本、文集的具体情况如下:上海译文出版社的《厌恶及其他》《存在主义是一种人道主义》;漓江出版社的《什么是文学》;湖南人民出版社的《七十述怀》;三联书店的《存在与虚无》;安徽文艺出版社的《魔鬼与上帝》《萨特文集》和短篇小说集《墙》(其中《萨特文集》分为小说集、戏剧集、文学论文集和《辩证理性批判》共七卷);人民文学出版社的《萨特全集》和单行本《词语》《文字生涯》《萨特文论》;中国检察出版社的《萨特文集(三卷)》;河北教育出版社的《萨特作品精粹》;中国友谊出版社的《恶心》;中国文学出版社的《自由之路》;商务印书馆的《自我的超越性》。

会发现,过去二十年中国文学的变化已经无法离开对萨特的评说"[1]。

存在主义哲学的另一代表海德格尔表现出对个体生命"本真生存"的极为高度的关注,并以此展开对"存在"的思考。海德格尔哲学与美学思想的着眼点是从"存在"问题的意义和层面上展示作为"此在"的形式出现的人的生存问题。海德格尔认为,文学艺术可以匡正技术时代之弊,使遮蔽着的存在敞开,引领我们返归生命本源、诗意地栖居。20世纪三四十年代熊伟等人便开始了海德格尔思想在中国的译介和传播工作,改革开放之后,海德格尔思想的译介与研究在中国全面展开[2],出现了诸如陈嘉映、王庆节、孙周兴等著名的学者。陈嘉映、王庆节翻译的海德格尔的《存在与时间》[3],对海德格尔思想在中国的深入的传播与研究产生了重要影响。徐崇温主编的《存在主义哲学》(中国社会科学出版社,1986年)的问世是存在主义思想被系统引介到中国的重要标志,该书一一介绍了包括萨特、海德格尔在内的存在主义哲学的主要代表及其核心思想。新时期以来,在纷至沓来的西方哲学美

---

[1] 董泰音:萨特文艺思想在中国的境遇与意义[D].呼和浩特:内蒙古大学,2012:23.

[2] 根据靳希平的统计,从1984年至2007年,中国44所大学有46篇关于海德格尔的硕士论文,从1992年至2007年有40篇关于海德格尔的博士论文。靳希平,李强.海德格尔研究在中国[J].世界哲学,2009(4):8-31.

[3] 该译本1987年在北京发行第一版,随后1990年在台湾出版,1999年出第二版,最后2006年出修订版第三版。第一版在几年内就售出5万册。靳希平,李强.海德格尔研究在中国[J].世界哲学,2009(4):8-31.

学思潮中，存在主义的人性、人道主义和异化等主题被突出并强化成为当时中国学人力捧的对象之一。"回溯整个世纪百年中西美学的交流历程，贯穿始终的外来美学思潮，非'存在主义'莫属。"[1] 生命之所以成为新时期以来中国文学研究的核心话语与西方存在主义哲学美学在学界的广泛影响是分不开的。

二、中西生命思想的历史遇合与生命精神的现代自觉

西方现代生命哲学的中国之旅是西方现代生命哲学理论与中国传统生命精神的一种历史遇合。上述影响了20世纪世界文化发展趋向的西方生命哲学与美学思想在20世纪八九十年代被译介到中国后在新时期以来的社会历史文化语境中得到了深刻的精神上的认同，便对新时期文学研究中的生命精神内涵产生了明确的构成性的影响。

叔本华、尼采、狄尔泰、柏格森、弗洛伊德、萨特、海德格尔等这些被当代文论界所熟知的西方主要生命哲学家代表们，虽然所持观点各异，多向发展彼此分流，各自演化出一套理论观念，但都是围绕着人的生命所展开的，其学说的核心特征都是以对个体生命的关注对抗传统理性主义。他们皆从生命出发阐释世界认识人自身，都重视作为形而下的个体的直觉、本能，高扬个体的具体存在与自我，强调生命精神的自我创造和心灵世界的独特存在。他们共同关注的问题正是"人"与"生命"。关注、追问、理

---

[1] 刘悦笛. 存在主义东渐与中国生命论美学建构 [J]. 山西大学学报, 2005（7）: 23-27.

解生命，并且积极探索生命的本源和意义，高扬生命体验和审美体验，形成了东西方文化和哲学美学的核心理念。西方现代生命哲学和美学与中国传统生命哲学和美学存在一定程度的互相契合。但中西对生命的理解亦有重大的分歧。西方现代生命哲学的"生命"是在反对笛卡尔以来的绝对化的理性主义的语境中言说的。而且，在西方文化中，"生命"被从哲学、美学、心理学等学科角度赋予了极为丰富的内涵，突出生命内在的诸如灵魂、激情、意志、想象、个性等因素，是一个带有直觉、本能、自我感知等意味的概念。

中国文化重视生命问题，但是20世纪之前的我们对此却一直缺乏自觉意识。儒释道三大传统都肯定人类生命的价值和归宿在于"以自己的生命通贯宇宙全体，努力成就宇宙的一切生命"[①]，这是中国哲学的主导倾向。中国传统哲学在"天人合一"背景下渐进演变形成的是一种人与自然一体、群己互渗的整体生命观，注重生命的伦理性与社会性，强调生命的精神内涵和社会属性，忽视甚而压抑生命的独立意识与个体价值，尤其是在"存天理，灭人欲"的宋明理学的封建礼教观念中生命几乎完全陷落。个体生命存在本身及其独特性始终被遮蔽着。正如薛富兴所指出的，中国美学中"有自然生命但是没有神圣生命"[②]，"它关注的尽管确实

---

① 张岱年.中国文化概论[M].方克立，主编.北京：北京师范大学出版社，1994：335.

② 薛富兴.生命美学的意义[J].贵州师范大学学报（社会科学版），2002（4）：61-65.

是生命，但是却只是生命的盈足而并非生命的负疚，只是通过取消向生命索取意义的方式来解决生命的困惑"①。纲常伦理教化的经年沉积导致我们的文化心理结构中长期匮乏对自然生命应有的肯定和尊重。中国生命论哲学美学思想观念的这种固有的缺陷也是激发20世纪以来生命研究逐步兴起的原因。

随着现代西方生命哲学美学思想的传入，个体生命的存在得以不断去蔽，个体生命价值日益变得敞亮。中国学者开始留意并研究这一问题，意识到人的生存、生命的本质的个性化，每一个个体生命都不能被忽视也无法替代。"多数再多也是一个个个体组成的，少数再少也是一个不可替代的对个人来说只有一次的价值单位，其生命价值不能或不应被任何或虚构或真实的'多'和'大'所偷换所替代。"②我国传统文化中独具一格的生命本位意识虽然是其他文化所不能取代的，但却并不尽适合于现代文明进步的需求。西方现代生命哲学美学对向上的生命冲动的宇宙本质和对生命的变化运动发展的强调，既与中国主流文化传统的生命观有相通之处，又暗合了中国人积极寻求改革进化的创世激情，从不同的角度拓展和深化着新时期以来文学和美学对人类生命状态的感知、体验、展露与表现。作为全新的理论参照，西方现代生命哲学不仅奠定了中国文学研究生命论的哲学基础，而且拉开了中国文学研究中生命精神现代建构的帷幕，不但使得美学界开始

---

① 薛富兴.生命美学的意义[J].贵州师范大学学报(社会科学版),2002(4):61-65.

② 刘思谦等.个体生命价值纵横谈[J].黄河,2003(1):120-138.

关注生命这一课题，更促使文论界将目光转向了人自身与人的生命，通过对个体的尊重、对感性的强调对抗生命和文学的异化，维护生命的价值和文学的意义。

但与此同时，因为西方理念的出发点是个体本位、主客二分，因而西方学界的生命论取向主张偏重个体感性甚至非理性的生命，排斥群体生命情感体验的共振和与对象世界的交感融合，远离人的生命与自然的亲和力，忽略生命个体与群体的统一性，重生命的生物性与先天性，轻社会性与后天性，其局限也很明显。文艺创作难免成为纯粹的自我表现，成为对后工业文明时代个体生命的沉重喘息和精神迷惘的表现，终致貌似强悍实则漂浮无根的生命原欲等非理性意识的膨胀和审美生命活动的归趋难以实现。而对于西方的这一问题，我们的文学研究者恰恰可以从中国传统中找寻可资借鉴的资源加以解决。因此，面对西方现代生命哲学美学的东渐，仍然有不少中国学人能够凭借对20世纪人类整体生存境遇下中国思想文化转型与变迁的敏锐感应，主动吸取西方生命论哲学美学中彰显个体主动性与生命创造力和强调生命精神的自我创造与心灵世界的独特存在的合理因素，并融和进中国"天人合一"的传统理念，努力寻求个体生命与人类群体生命和宇宙大生命的互涵互动与交感共振。摒弃对西方现代生命哲学美学思想的单向回应和简单移植，而是对这些外来异质理论资源进行了重组、转化与融合，因此使得像"生命精神"这样的哲学与美学关键词不仅能够体现出鲜明的时代性特征，而且也带上了深刻的民族化印记。在这些文学研究者的大力推动下，现代意义上的生命观念也在中国的文学研究中逐渐发展、确立。而且，正是在这些美学家、文论家的文学研究中，生命精神的重要性也得以不断地被强调和凸显出来，对文学中的生命问题的关注开始逐渐进入中国文学研究的视野。生命问题也因此成为新时期以来文学研究中的新的热点。

西方生命哲学美学的东渐成为文学研究在理论资源上的一个重要依托，带来了生命精神的新理知，成就了中国文学研究中生命之思的一种现代自觉和世界因素。生命精神这一重要理论视野是在与西方现代生命哲学美学思想理论的比较框架中生成的。在本身传统生命哲学观念的熏陶下，在新时期以来的中国语境下建构起来的生命精神这一理论话语，既是对传统文艺学生命观的深刻反思和批判，也是对西方生命文艺思潮的借鉴与回应。无论怎样说，当代中国的文学研究，始终都是处于"中西视域融合"的张力之间的。中西的遇合与互动自始至终构成了中国文学研究中生命思想生成的理论渊源的语境特征。

第三节 时代的召唤与生命话语的回归

新时期以来文学研究各种重要的学术话题的提出和深入及其相应理论观念的形成和演进，与整个时代的社会历史条件和思想文化运动之间有着无法分割的具体联系。文学生命问题研究的产生既源于中西深刻的生命哲学智慧的汇合融通，更离不开20世纪80年代以来中国社会特定的社会历史文化语境。文学研究中的生命精神视域的回归与新时期以来特定的政治制度、知识构成、文化心态、价值取向等有着深刻的建构性的关联。

一、心理基础：社会大转型带来的个体生命意识复苏

新时期以来特殊的社会语境从根本上引发了人们对于人性、对于命运的重新拷问与思量，对文学研究者产生了决定性的影响，具有重要的社会发生学意义。南帆指出，"一种新的历史语境形成，文学肯定会做出必要的呼应。这时，文学不仅作为某种文化成分参与历史语境的建构，另一方面，文学又将进入这种历史语境指定的位置。二者之间的循环致使文学出现了显而易见的历史特征。"[①] 新时期以来特定的政治制度、经济结构及其变动所带来的文化氛围这样一些宏观历史条件为文学研究中个体生命意识的苏醒与重新建构提供了良好的历史契机和社会机制。

漫长的封建社会带来个体生命意识的淡薄和主体独立人格的萎缩。五四时期，随着封建社会的逐渐解体与西学东渐热潮的兴起，人的个性也不断得到解放，中国人的个体生命意识开始重新觉醒并逐渐增强，但随之，启蒙与救亡的时势和战争环境使个体很快淹没于社会的洪流之中。新中国成立后，接二连三的政治运动比肩并起，几乎充斥着个体存在的整个空间。"文革"时期，阶级感情和社会群体自由直接取代了个人情感和个体自由，人的价值被无情忽视，人的尊严被残忍践踏。要在被启蒙、救亡、革命挤占的个体生命的狭仄空间中建构个体生命意识又谈何容易？

---

① 王晓芳.八十年代审美文论批判[D].石家庄：河北师范大学，2002.

新时期以来的40余年社会发生巨变，社会经济、思想、政治与前面时代大相径庭，改革开放不断深入，现代化建设全面展开，政治日益走向开明、民主法治逐步完善，市场经济确立深入，国计民生蒸蒸日上。中国社会的转型与政治经济文化的开放带来思想的解放、文艺政策的宽松和文学观念的改变。《光明日报》于1978年5月11日发表了《实践是检验真理的唯一标准》的特约评论员文章，紧接着1978年12月，十一届三中全会以"解放思想，实事求是"为指针把人们的思想从"两个凡是"的束缚中解放出来，全国性的思想解放运动因此得以轰轰烈烈发展并迅速深入，为文艺创作与理论在新时期的发展打下了牢固的基础。随后的1979年10月，全国文学艺术工作者第四次代表大会上，"文艺从属于政治"这一口号被"文艺为人民服务，为社会主义服务"彻底替代了。在大会《祝辞》中，邓小平着重指出，党对文艺工作的领导"不是要求文学艺术从属于临时的、具体的、直接的政治任务，而是根据文学艺术的特征和发展规律，帮助文艺工作者获得条件来不断繁荣文学艺术事业"[1]，表示了党和政府对文艺发展规律尊重以及对文艺主体性的肯定。1980年，邓小平在《目前形势和任务》的讲话中又强调道："我们坚持'双百'方针和三不主义，不继续提文艺从属于政治的口号，因为这个口号容易成为对文艺横加干涉的理论依据，长期的实践证明它对文艺的发展利

---

[1] 邓小平.在中国文学艺术工作者第四次代表大会上的祝词[R].文艺报，1979年第11-12合期。

少害多。"①1984年12月至次年1月，在中国作协第四次全代会上，邓小平的《祝辞》将文艺"自由"又强调到一个全新的高度，提到作家有选择题材、主题和艺术表现方法以及抒发自己的感情、激情和表达自己的思想的充分自由，还指出"党、政府、文艺团体以致全社会，都应当坚定地保证作家的这种自由"②。正是在这样一个政策宽松开放且相对自由的氛围中，新时期文学思想观念发生深刻转变，文学研究热情高涨，文学开始摆脱政治附庸地位，逐渐回归自身。

中国社会转型中，政治经济的松绑、思想文化的解缚、文艺政策的宽松带来文化壁垒的层层打破、个性解放的张扬和个体生命意识的复苏。正如刘勰有云，文变染乎世情，兴废系乎时序，时代为个体生命意识的复苏与重构提供了社会、经济、思想条件，为文艺创作、批评与文学研究的话语选择提供了广阔的空间。"特定时代的社会氛围和人们精神上的需求往往像希望的火种那样可以点燃一种思想的火炬，引爆出心理上的连锁反应。"③生命意识的觉醒既是历史发展的内在要求，也是推动历史蜕变的动力源泉。个体生命意识在时代中的觉醒必然对生命精神发出召唤，要求文学关注生命自身。历史和时代给予的这一契机使生命话语重回文学创作与理论研究的中心。作为一种特定的价值话语，生命精神

① 李庚. 中国新文艺大系（1976—1982）理论一集 [J]. 中国文联出版公司，1988：3.

② 邓小平. 作家协会第四次会员代表大会上的祝辞 [R]. 人民日报，1984-12-30.

③ 陆贵山. 文学与人类学本体论 [J]. 文学评论，1991（3）：56-57.

迎合了中国社会改革开放和个体生命觉醒的社会浪潮，成为时代的精神理想和文化目标的体现，带着鲜明的时代烙印，在新时期以来的文学研究中重新得以彰显出来。

二、理论前导："文学是人学"的发展思路中的文学主体性问题探讨

新时期文学研究中的生命视野直接发端于新时期文论思潮中对"人"的强调和随之而来的文论中有关人的主体性问题的讨论。在思想文化解放的时代浪潮中，新时期文学研究致力于对过往种种极左的文学观念与僵化的理论模式的破除与清理，通过不断的拨乱反正，原有的政治化、意识形态化的话语方式以及庸俗文艺社会学和工具论文艺观得到了有力的批判甚至消解，文学研究开始回归自身并试图寻找自身价值的应然的表述形态与存在方式。也正因如此，新时期中国文论思潮中人的文学观念开始突显，主体性亦渐得复苏，中国当代文学理论研究的破冰之旅随之正式开启。

新时期文学研究的理论探求正式萌发于"文学是人学"这个命题的重提和确立。政治功利论和认识——反映论曾在相当长时期内占据着国人文学观念的主导地位，成为文学研究的主要思路和基本倾向。这两种主要的文学研究理念具有鲜明的时代特征，曾一度对处于特殊历史时期的中国文学和中国社会的发展起到过非常积极的作用，但是这样两种文学研究理念对"人"的偏离以及对个体生命的忽略的局限也随着时代的变革越来越明显。

针对人的观念在文学理论和创作中的缺失，钱谷融继承"五四"以来提倡的"人的文学"，曾经在1957年郑重写下了《论"文学是人学"》一文。他突出强调了"人"在文学中的中心位置，并提出了"文学是人学"这一重要命题。钱谷融指出，我们要以人为文学描写的中心，同时，要让作家及其作品是"如何描写人、怎样对待人"的成为我们进行文学评价的标准[1]。只是在当时的特殊的政治氛围中钱谷融的"文学是人学"观念反被加之以各种罪名长期予以暴风骤雨般的批判。进入新时期"文学是人学"才得到重新张扬并再度成为学界的热门话题。直至1981年人民文学出版社出版《论"文学是人学"》，"文学是人学"这一基本观点才被重提，并得到文学理论界和创作界一致的认同、阐发和深化。正如何西来所指出的，"人的尊严、人的价值、人的权利，人性、人情、人道主义"[2]，"重新被提起、被发现，不仅逐渐活跃在艺术家的笔底，而且成为理论家探讨的重要课题"[3]。"文学是人学"这一重要命题的重提，带着对人的尊严与价值的肯定和对人的主体精神的高扬，使文学重新回到了"人"的轨道，在当时产生了极其重要的影响，文学的人性气息从此日渐浓厚。

与此同时，关于人性、人道主义和异化问题的理论大讨论也

---

[1] 钱谷融. 论"文学是人学"[J]. 文艺月报，1957（5）：39-54.

[2] 张婷婷. 文学是人学：一个辉煌的命题——"新时期文艺学20年"的反思之一[J]. 文史哲，1999（1）：64-71.

[3] 张婷婷. 文学是人学：一个辉煌的命题——"新时期文艺学20年"的反思之一[J]. 文史哲，1999（1）：64-71.

相随而来。这可以说是新时期以来，持续时间最长、规模最大的一次讨论。朱光潜的论文《文艺复兴至十九世纪西方资产阶级文学家艺术家有关人道主义、人性论的言论概述》(1978) 是新时期以来探讨人性问题的滥觞。1979 年，朱光潜在《关于人性、人道主义、人情味和共同美感》中明确指出解放思想、冲破人性论禁区是当时文艺界的最大课题[①]。胡乔木的《关于人道主义与异化的问题》在人道主义的争论中也有着举足轻重的地位。胡乔木认为人道主义主要涉及两层含义，一是"世界观与历史观"，一是"伦理观与道德观"，这两层含义之间有联系也有区别[②]。在此基础上，他区分了资产阶级的人道主义和社会主义的人道主义的不同。关于人性、人道主义的讨论在 1984 年达到高潮，据相关数据显示，从 1978 年到 1983 年短短 5 年间，人性、人道主义的相关文章就达 600 余篇[③]。20 世纪 80 年代以后，关于人性、人道主义的讨论从马克思主义哲学扩展到对历史、现实以及文学的思考中。文艺界也在 1980—1984 年对人性、人道主义问题进行了积极的探讨。文学作品中表现出的人性观念、人道主义思想倾向得到了普遍的肯定，被认为是对人的重新发现，而"人的重新发现，是新时期

[①] 朱光潜. 关于人性、人道主义、人情味和共同美感 [J]. 文艺研究, 1979 (3): 39-42.

[②] 胡乔木. 关于人道主义和异化问题 [J]. 人民日报, 1984-01-27.

[③] 李世涛. 中国当代文艺理论中的人性、人道主义问题 [J]. 艺术百家, 2010 (1): 34-59.

文学潮流最重要的特点"[①]。文艺界对人性、人道主义问题的探寻极大地促进了文学研究中生命精神理论视域的回归。

由于人性、人道主义和异化问题的讨论，人的地位和人的主体性被进一步凸显了出来，"文学是人学"逐渐成为文学理论的主流话语。李泽厚在《批判哲学的批判》《康德哲学与建立主体性论纲》以及《关于主体性的补充说明》等论著中提出并系统阐释了"主体实践哲学"思想。其中的"主体性"概念不但具有外在（工艺—社会）与内在（文化—心理）的双重结构，而且具有人类群体与个体身心的双重性质[②]。四者交错渗透、互相影响。个体是感性的负载者，个体主体性受人类主体性制约；个体的实践主要包括主观、历史和社会活动；主体与客体、物质和精神由实践连接[③]。李泽厚的"主体性实践哲学"凸显了"实践"范畴中所潜含的"主体性"内涵，主张发挥人的主观能动性，使作为实践主体的"人"成为哲学关注的焦点。

受李泽厚的主体性实践哲学和西方主体性哲学思想的影响，刘再复延续和发展了"文学是人学"的发展思路，提出并阐发了文学主体性理论。1985年，刘再复在《读书》的第2、3期上发表

[①] 张婷婷.文学是人学：一个辉煌的命题——"新时期文艺学20年"的反思之一[J].文史哲，1999（1）：64-71.

[②] 李泽厚.关于主体性的补充说明[J].中国社会科学院研究生院学报，1985（1）：16-23.

[③] 马龙潜，栾贻信.《康德哲学与建立主体性论纲》评析[J].高校理论战线，1991(6)：48-51.

了《文学研究思维空间的拓展》，在 7 月 8 日的《文汇报》上发表了《文学研究应以人为思维中心》，主张重视人在文学活动中的主体地位，提倡文学研究的重心要从外在的客体转向内在的主体。紧接着，他又在《文学评论》的 1985 年第 6 期和 1986 年第 1 期上发表了《论文学的主体性》一文，说道："我们可以构筑一个以人为思维中心的文学理论与文学史研究系统，也就是说，我们的文学研究应当把人作为主人翁来思考，或者说，把人的主体性作为中心来思考。"[1] 刘再复将文学主体分为三个层次，一是作为创造主体的作家；一是作为对象主体的人物形象；一是作为接受主体的读者，从文学对象的主体性、作家的主体性以及接受者的主体性集中阐发了"文学中的主体性原则"，具体建构了文学主体性理论。刘再复还分别对创造主体、接受主体、对象主体这三个概念的内涵进行了说明。具体而言，创造主体就是"作家的创作应当充分地发挥自己的主体力量，实现主体价值"[2]；对象主体即是"文学作品要以人为中心，赋予人物以主体形象"[3]；接受主体则指"文学创作要尊重读者的审美个性和创造性，把人（读者）还原为充分的人"[4]。简而言之，以人的主体性为中心就是要求文学研究应该"尊重人的主体价值，发挥人的主体力量"[5]，必须将以人为中心和

---

[1] 刘再复.论文学的主体性 [J].文学评论，1985（6）：11-26.

[2] 刘再复.论文学的主体性 [J].文学评论，1985（6）：11-26.

[3] 刘再复.论文学的主体性 [J].文学评论，1985（6）：11-26.

[4] 刘再复.论文学的主体性 [J].文学评论，1985（6）：11-26.

[5] 刘再复.论文学的主体性 [J].文学评论，1985（6）：11-26.

目的的信条贯彻在文学活动的各个环节，恢复作为"人"的作家、描写对象和读者在文学活动中的主体地位[①]。刘再复的文学主体性理论不妨说是继五四时期人的初次发现之后人在经历了"文革"的人的再度阙如之后的重新觉醒。汤学智的《关于文学主体性问题的几点看法》一文就明确指出，文学主体性理论的提出从社会发展的历史进程来看有其历史必然性，"是粉碎'四人帮'之后人们重新获得解放的必然结果"[②]。

文学主体性理论的阐发是20世纪文艺学自身发展的结果，文艺卸去过分的社会压抑和政治负载，关注人的主体精神世界，标志文艺学研究的历史超越和从客体向主体、从外向内的转折与自我更新。对文学主体性理论的阐发及由此带来的热烈讨论，无疑是20世纪80年代一道颇受注目的亮丽的学术景观，也是发展至新时期的文艺学自身学术链条上重要的、无法抹杀也回避不了的一环[③]。随着以"人"为本的文学观念引入了文学理论界，文艺学的学术研究关注点随之发生了一定程度的变化。哲学、文艺学、美学对于人性、人道主义以及主体性问题的探讨，标志着人的自觉时代的到来和生命意识的觉醒。生命精神的追求自然就成为对抗现实、阻止异化的工具与手段。五四新文化运动中"人——个

---

① 刘再复. 论文学的主体性[J]. 文学评论，1985（6）：11-26.

② 红旗杂志编辑部文艺组. 文学主体性论争集[M]. 北京：红旗出版社，1986：262.

③ 张婷婷，杜书瀛. 新时期文艺学反思录[M]. 济南：山东文艺出版社，2001：136.

体"意识的觉醒是人的生命精神的初次发现,文革中人的压抑使生命精神再度阙如,关于文学主体性的讨论,是继五四之后生命精神的重新觉醒,是新时期思想文化解放运动的不可或缺的组成部分。

"文学是人学"命题的重提与确立,关于人性和人道主义、主体性等理论论争,文学的主体性转向对"文学是人学"命题的深化与拓展,是对"政治功利论"和"认识——反映论"研究模式的拨乱反正,是文学研究自身在新时期新语境中的与时俱进的发展,也是文学研究引进生命视角的理论前导。

三、创作基础:文学实践的生命书写与生命意识的演进

20世纪80年代以来社会诸领域的变动与改革为文学提供了新的社会历史文化语境,文学的发展也随之发生质的变化。"文学是人学"观念的复兴,"主体性"等理论热点问题的出现,为文学研究寻找生命视角提供了直接的理论依托。与此同时,文学创作与文学研究也一直相伴随行,文学创作实践展开的生命之旅正与文学研究发展的这种态势遥相呼应。

新时期是中华民族潜在生命意识空前自觉且表现强烈的时代。当代文学创作实践自新时期以来也随着国人个体生命意识的觉醒与张扬而发生了重要的转向。新时期以来的文学创作实践中生命意识的刻意书写也涌荡汇聚成了一股脉络分明而无限壮观的生命大潮。自20世纪70年代末以来,中国文学实践相继走过了伤痕文学、反思文学、改革文学、寻根文学、新写实主义文学、

先锋文学等不同文学里程。对生命意识的诠释和观照无一例外成为这些文学思潮举足轻重的主题，并在各种文本中呈现出丰富多彩的形态。特别是寻根文学思潮等对人的生命的肯定与探寻，对生命的自身活力和血性的发掘，对生命本体的透视和生命原欲的展示，对人的生命精神的张扬，显示出新时期作家对生命的存在形式和表现形式的极力探索，以及对人类生命的本质和真正意义的积极找寻，这与西方现代生命哲学和美学理论主潮以及中国新时期以来文论的人学和主体性倡导不谋而合。文学研究中生命视角的引入和强调与新时期以来文学创作实践中这种生命意识主题的张扬和演进趋势密切相关。

当代文坛中，伤痕文学率先通过作家对于主体意识的自觉寻找和作品对个人创伤与命运的着力表现，依稀显示出一种对生命意识的关注。刘心武的《班主任》、卢新华的《伤痕》便是其中的典范性文本，作品借助对人的肉体与精神的双重创伤的揭露，展示了人性被扼杀、人格被扭曲的一个个生命悲剧。但伤痕文学中的生命意识仍然因为无法突破历史文化和政治哲学意识的某种框限而仍在作家意识和作品文本的边缘地带徘徊，生命意识几乎处于完全遮蔽的状态。反思文学则延续了这一政治批判性主题，反思"文革"与人的关系，将对个人遭际与情感的表现、对人性的书写与对国家政治历史道路的反顾与审视紧密结合在一起，开始冲破强烈的权力意识形态话语困境，揭示了被政治话语所改写的人的生命状态。从反思文学所构筑的文本境遇中，我们能渐渐感觉到某种生命意识的觉醒。王蒙对内在心灵的自我剖析，张贤亮对灵肉关系的省思，高晓声对农民遭遇和困境的展现，古华对感性欲望与世俗愚昧对抗的描写等等，无不显示出生命意识的冲动。改革文学用对现实社会的追踪和探索取代了对政治历史的回看和省思，叙写社会改革洪流席卷下人的命运变迁，展示出一幅个体感性欲望与社会改革理想彼此交织的生命图景。总之，从伤痕文学到改革文学展示出了对生命意识和主体性的某种觉醒，但却都与社会—政治潮流密切相关，满足于社会政治理想的需要，带有强烈的政治反思和批判色彩，多注重对人的社会、政治属性的刻画和充满着理想色彩的"大写的人"的表现，因此对生命的书写和揭示最终往往落到社会—政治层面上，文本展示的人性和生命情态仍然受制于意识形态话语，而对生命本身独立观照的深度与广度都显得很不够，生命意识和主体性尚未成为文学创作实践与理论观念的价值中心和独立支点。

20世纪70年代末至80年代初，个体生命意识在"伤痕""反思""改革"等文学中逐渐复苏，但仍不免陷于群体意识领域，对生命本身的独立观照显得不够。但是随着社会的推进、生命意识的强化和文学的发展，"伤痕文学""反思文学""改革文学"相继退场，政治取向淡化，生命意识加强。20世纪80年代中期至80年代末，寻根文学的兴起，表现出对生命意识的超乎以往的极大关注。寻根文学对民族历史文化心理积淀的反省和批判，对个体和自然生命力的前所未有的张扬，对人的生命本能的肯定，对原始生命本相的切近，在新时期以来的文学中有着非同一般的价值和意义。寻根文学的经典之作《爸爸爸》展开了对远离文明社会的人类原始生存状态的思考，阿城的《遍地风流》、李杭育的"葛川江系列"等等也无不充满生命的感觉。这些作品呼唤昂扬的生命激情，呼唤自由强健的人格力量，更呼唤一种崭新的文化精神，或者从原始生活和文化形态中寻求生机，或者从那些野性的、犷悍的、自由放达的人物身上获取理想人格，都使人感到一种与文明病弱对抗的自然强力的激荡，一种对文明抑制抗争的自由舒展的生命形式的注入。"寻根文学"对个体原始生命强力的张扬，使生命精神得到自觉凸显，群体意识向个体意识转型。

20世纪90年代，翻涌的经济大潮与多元的生活趋向，促进了生命情结的多样释放，人的生命状态更显繁杂、日趋丰富，生命体验从类群经验概括向个人日常琐屑转型，对生命意识的关注和理解较20世纪80年代有了很大的改变。换句话说，20世纪80年代和90年代前后两个阶段的文学对生命意识有着不同的诠释，生命意识书写方式发生了差异与嬗变。90年代文学放弃了对于生命的价值理想追求，而把人的生命体验、生命本能书写放在首位，更注重对生命的生物属性和自然属性的揭示，生命逃离出对当下的关怀。文学从现实情境出发走进私人化的生命空间，社会人已经转变为世俗生存中的人，生命的描写已经卸下社会的使命、远离政治的意义，而是强调生命个体的自我价值，更多倾向于对丰富多样的生命状态、人性欲望的真实描绘。新写实主义侧重展示了物化的生存状态，揭示了尴尬的生命形态；私小说倾力关注女性独有的生命姿态，叙说女性复杂的本体体验；新历史主义小说则在虚构的历史空间中展开对别样生命形式的书写。新写实小说、私小说等都不同程度地拓展了生命书写的空间，从而获得了探究生命的各种各样的可能性，极大地丰富了生命话语写作，建构出了更为丰富、复杂的生命景观，但与此同时，各种碎片和琐屑以及无数细小的呻吟、感伤等都被放大，甚至被拔高和赋予了至高无上的意义。

20世纪90年代初，从"新写实小说""新历史主义小说"到大众文化的转换，物欲与情欲关怀日渐成为文学与文学理论关注的新的焦点，群体意识退场，大众在"观看"中将生命活动和生命价值虚无化。新历史主义小说中，历史成了个人的历史、心灵的历史，形塑了深陷暴力与罪恶、灾难与绝望中的生命个体在理性与非理性、沉沦与救赎中徒劳挣扎的生命景观，从社会政治空间对生命书写的围束中成功突围。如《妻妾成群》(苏童)、《白朗》(贾平凹)、《追月楼》(叶兆言)等，通过逸闻琐事等的描写从家族、家庭或个体如妾、妓女、土匪、逃兵等角度挖掘历史中的个体生命的隐秘与荣枯。新写实小说则通过对平凡而普通的生命个体的生命欲望与对生存环境的无奈的描绘，揭示其生存的矛盾与困境。新写实小说大大降格了文学精神的神圣与崇高，将其拉回到人的基本欲望和世俗生存。如方方的《一波二折》通过截取小人物在摆不脱又理不清的、烦恼的日常琐碎生活里猝不及防遇到的一个大波澜或大灾难，描述主人公与现实的冲突及对自己的失败的不能把握，将生活中的不合理现象聚焦放大，突出了小人物生活的无奈与生存的艰难。

20世纪90年代中后期至今，"身体写作""新生代写作""欲望写作"蔚为潮流,文学中的生命精神表现沦为对人的生命本能的阐释以及本能释放后的肉欲宣泄与精神逃亡的传达,生命欲望的独舞与狂欢使生命精神之光重现黯淡。在陈染、林白等的女性主义"私人化小说"和诗歌中的所谓"下半身写作"中,女作家都潜心探求女性生存的隐秘空间,执着于自我生存经验的书写,表现出向女性自我生命意识的复归,带着一种女性生命体验中极为偏执的迷狂、顽韧执着的自我体认,长期浸淫于纯粹私人意识空间。陈染的《私人生活》笔力集中于展现女性世界中生命个体与生存环境的对峙。林白的《一个人的战争》通过描写主人公多米的个体成长经历,用一种女性身体本能的话语体系营造出一种女性对肉身的特殊感受与对感官的爱的纯粹迷恋的个人经验世界。女性私人化写作者用边缘化话语和激烈的书写方式,通过对主人公的精神世界及性欲望的渲染,表达对女性内在生命感受与深层精神欲望的深切体悟。新生代写作风靡一时,在对世俗化生活与欲望化现实的直白呈现中建立起一种欲望化的话语方式与叙事法则,具体表现为两个方面:一是对金钱利益的崇拜;二是欲望旗帜的飞扬。[1]

从寻根文学对原始生命强力的张扬,到先锋文学对于非理性生命体验的书写,我们通过对新时期以来文学创作潮流中生命意识觉醒、确立、深化的发展演变历程的宏观透视,不难发现20世纪70年代末以来这一生命大潮既有对精神生命的执着张扬,也有

---

[1] 高宏生.生命视角:文学研究的范式转换[J].社会科学家,2004(4).

对消极生命意识的不懈言说。新时期以来作家开始自觉地关注人本身的生命欲望和生存状态，多角度、多层次、多方位地展开人的生命现象，表现生命的自然欲望与社会和自然的尖锐冲突，以及种种复杂的人性。尽管难免偏颇，但新时期以来的文学创作在某种意义上还原了生命的关联性与整体性，个体生命的激情、冲动、本能、欲望等生命内容一一被展现，不能不说自有一种特殊的深刻性。对人的生命意识的重视、对生命自足性的强调无疑成为当代中国文学走向世界的一个有力支撑点。

自五四以后，中国文学的生命意识便开启了崭新的生命体转换之途，而新时期文学则大大加速了这种转换。五四文学处在古典生命意识和现代生命意识转折点上，有着现代生命意识的自觉、纷乱，以及人生价值的追索与执着。其后一直到 20 世纪 60 年代初，社会斗争的主题君临一切，排斥一切，生命意识自然淡薄了。新时期文学则开始将个体生命从群体生命的窠臼中解放出来，正面肯定人的自然欲望，全方位地展开了欲与情、人性与非人性、人欲与社会与自然的现实冲突，从个人生命和个性的角度，肯定现实生命的价值，并从人性进化和文化批判的角度对个体、民族，乃至人类的生命生存状态进行审美观照。新时期以来文学的生命意识具有现实和历史的深厚根基，不仅复兴了五四文学中的生命意识，而且在此基础上有了新的开拓。另一方面，纵览新时期以来的文学作品对生命性本能、身体欲望的描写，我们可以发现 20 世纪 80 年代作品中对性和身体的描写仍承担着的某种特定的政治与社会的隐喻，是一种理想寓言、爱情包装后的"形而上"欲望观念书写。而20世纪90年代,文学从初期对身体欲望着意书写的兴起,到中期的全面呈现花开遍地,性和身体欲望的书写则被还原为真实的生命欲望与身体快感,逐渐具有某些"趋下"的"下体思维"的"病态化"极端意味。生命观念视域下的性、身体、本能、欲望应该被正视而非扭曲。虽然新时期以来的文学致力于对人的生命意识的探索、表现与开拓,通过生命体验、生命本能的描绘拓展了生命书写的空间。但是,生命的存在和价值不仅仅表现为个体欲望的满足、无忌的性爱,以及越轨的爱情,而更在于不断的自我超越和永恒的精神意义。新时期以来的文学实践对生命本能和对欲望化现实的过分强调和展露、追逐,消解了生命的崇高、疏淡了社会时代内涵,使得原本丰富的生命意识最后沦落为简单的表层化,因此在一定程度上造成了生命理想的失落和价值判断的游移。

通过对新时期以来不同历史阶段文学中的生命意识的发展动向的历时性梳理,我们不难发现,尽管时至今日对生命价值的追求依然不免迷茫,但是新时期以来中国文学中的生命意识呈现出前所未有的丰富性,确证了新时期以来文学生命意识日渐高扬的事实,也使文学研究生命视野具备了明确的现实针对性。新时期以来文学研究中的生命理论是新时期以来文学创作实践生命意识演进的必然结果和理论总结。文学创作中的生命意识张扬和文学研究中生命观念的复苏,是理论和实践的共振共鸣。总而言之,新时期以来的社会历史政治条件、人学思潮的复现、寻根文学等创作实践中生命意识的觉醒和张扬共同召唤着文学研究生命话语的回归。

综合本章所述，新时期以来文学研究的生命转向是在中西互动和视域融合的张力中，积极传承中国传统哲学与美学生命精神，主动吸收西方生命哲学与美学中的现代生命思想，并在新时期特定的社会历史文化语境下生成的，与中西哲学美学理论存在直接的渊源，与中国当代文化语境有着深刻的关联，既是社会历史发展的需要，又是中国文学自身发展的需要，也是此前文学实践的逻辑归结与理论提升，实际上反映了历史发展和文学发展的必然。

第二章　文学生命问题研究与生命精神的多向度探寻

新时期以来,文学研究者们从不同的理论着眼点和论证思路出发,通过文学史研究、文学批评中生命精神的文本阐释和以生命为逻辑起点建构新的美学、文学理论的尝试,对生命精神展开了多向度的、不同层面的探寻,在不同的话语系统中,显示着不同的意蕴内涵、不同的思维方式和可能的延展空间,逐步推进着文学研究的深化。在新时期以来的文学研究视阈内,不论是提及古典文学传统资源的发掘与古典文论的现代转换,还是说到当代生命美学思潮生命本体论的创构,抑或是研究现代新儒家对儒家文化精神传统的返本开新,似乎都很难避开"生命精神"这一重要理论话语。所以本章试图从文学研究的文本阐释与理论建构这样两个大的方面入手,将学术史和文学评论相结合,主要选取古典文学研究领域里中国古典文学与文论中生命精神的当代阐发、20世纪90年代以来的当代生命美学理论建构以及现代新儒家文艺美学中的生命精神研究这三个围绕着人的"生命精神"展开的具体的文学研究形态的理论立足点进行考察与分析,探讨其是在何种理论背景和学理依据中使用生命及其相关概念和术语的，同时把握新时期以来当代学人在关于生命问题的文学研究中对生命精神的不同层面与不同意义上的创构与不同形态的呈现，希望可以借此对新时期以来文学研究中的生命问题有更加全面的掌握。

第一节 古典文学生命问题的文本阐释与生命精神传统意蕴的发掘

新时期以来，文学与生命的关系问题在古典文学研究领域中得到了一种异乎寻常的关注。自20世纪80年代初以来文学研究者为解决文学与文论发展中的诸多问题，试图从当下的文学实际出发，并结合古人的文本和语境，致力于对中国固有的古典文学与文论资源内在生命精神的开掘，进而通过对传统文学与文论中生命的自省和追思，展开对民族特色的积极追寻与探讨，寻求对当代文学与文论的重构与建设。古典文学与文论研究领域的诸多学者正是沿着这一基本思路展开了对古典文学与文论中生命精神的研究。古代文学生命问题的阐释和古典文论与美学中生命精神的发掘相互渗透、彼此配合，掀起了古典文学领域生命问题研究的热潮。随着古典文学与文论研究的深化，讨论古代哲学和美学思想中的生命观和古代文学艺术作品中的生命主题的文章与论著陆续问世。笔者在这一部分中欲借助和依托古典文学与文论学界的主要研究成果，以钱志熙的专著《唐前生命观和文学生命主题》对古典文学中的生命问题的研究为个案阐释生命视域的古典文学与文论研究的主要的理论着眼点及其对生命精神传统意蕴与内涵的发掘和呈现。

一、古典文论生命精神传统的发掘与中国文论的现代转换

20世纪初，宗白华《论〈世说新语〉和晋人的美》一文用充满诗性智慧的言说展现了魏晋文人的精神风貌与生命情调，在关于魏晋六朝美学与文论的研究中早已成为经典。宗白华从生命精神的视角切入古典文论和美学研究，并进而思考古代文论向现代文论转化的价值论与方法论问题，为新时期以来古典文学与文论研究提供了一个很好的范例。鲁迅在1927年的《魏晋风度及文章与药及酒之关系》一文中称曹丕的时代是"文学的自觉时代"[1]。鲁迅用"文学自觉"来概括、评说汉魏文学思潮。这一观点得到了文学界的认同和采信，并且成为汉魏文学研究中的一个主要论题。20世纪80年代初，李泽厚《美的历程》之《魏晋风度：人的主题》一文认为文学的自觉来源于人的觉醒，并指出魏晋时代是"人的觉醒"时期。李泽厚用人的觉醒解释文学的自觉和新变，同时对魏晋风度作出了解读并对人的主体进行强调。李泽厚说，"人的主题是封建前期的文艺新内容……以曹丕为最早标志，它们确乎是魏晋新风"[2]。而"魏晋时代的这场'人的觉醒'，直接指向人的真实性命"[3]。因此，所谓"人的觉醒"在文学中主要表现为个体生命

---

[1] 鲁迅.而已集[M].北京：人民文学出版社，1980：100.

[2] 李泽厚.美的历程[M].天津：天津社会科学院出版社，2001：159.

[3] 刘小枫.拯救与逍遥[M].上海：华东师范大学出版社，2007：180.

意识的觉醒。这一点很快便得到了学界的普遍认同。后来的一些年轻学者大都受了宗和李等前辈学者的文章的启发，从生命精神的角度对古典文学与文论作出了深入的探索与研究。

随着改革开放政策的不断落实和西方现代生命哲学与美学思想陆续传入中国，文学研究领域的思想不断得到解放，古典文论的研究观念也随之发生变化。特别是全球化时代的世界文化和文论的交流和发展，使中国文艺理论界深刻感知到本土性资源与地方性知识的毋庸置疑的重要性，许多学者因此相继提出了古典文论的现代转换、话语重建等一系列重要学术命题，并围绕这些重大论题展开了极其热烈的讨论。随着讨论的不断深入，越来越多的学者逐渐意识到西方现代生命哲学与美学以人的生命为审美思考的根本着眼点和立足点，强调文学艺术对生命的观照和强化，这与中国古代文论和美学的精神特质有着内在的一致性，生命精神正是中国文论现代话语转换的一个十分重要的切入口。关于生命精神和文学艺术的关系便成为中国文论研究中一个不断引起人们探讨的重要问题。

正因为如此，继20世纪初学人的努力之后，在20世纪80年代以来的传统文论研究中，不少学者都自觉结合西方现代生命哲学与美学的方法和理论，致力于对中国传统文论内在生存意蕴与生命精神的深入开掘，力图借助对古典文论生命精神的现代阐释，揭示文学艺术发展的普遍规律，为当代文论建设寻求传统特色资源。目前国内学界对中国传统美学与文论中的生命资源的发掘主要体现在有关生命精神与古代文论和美学关系的研究以及生命化批评理论的研究两个方面。

（一）生命精神与中国古代文论和美学关系的研究

虽然中国文论研究自近代以来曾经过多地采纳和移用了大量的西方话语和言说方式，但中国古代文论自身鲜明的生命化特点却是一直不曾有过改变的。20世纪80年代以来，中国古代美学与文学理论研究向纵深挺进，具体表现之一就是出现了大量有关生命精神与古代文论和美学关系的研究。比较具有代表性的如，笔者在绪论中提及的朱良志的《中国艺术的生命精神》（安徽教育出版社，1995年）虽然没有进行美学理论体系的系统建构，但通过对绘画、书法、园林等中国传统典型艺术门类和大量中国古典艺术基本概念范畴的细致阐发，全面而系统地研究了中国艺术的生命精神。王运熙、黄霖二位主编的三卷本《中国古代文学理论体系丛书》确立了"要从世界性中抓住特殊点""要从历时性中找出统一点""要从多元性中找出融合点"的原则，从中国古代文论与文学实际出发，结合中国古代文化背景，参照国外文学理论，以不懈努力和学术创新探求中国古代文学批评体系。其中黄霖、吴建民、吴兆路所著的《原人论》（复旦大学出版社，2000年）将原人亦即对"人"的关注和思考作为古代文论体系核心及其在当今社会"再生"的动力源泉，并对古代文艺理论、文学作品、文学风格中所体现的生命精神做了较为全面的总结，并有意识地将生命精神这一命题纳入古代文论体系建构之中①。此外，黎启全的《中国美学是生命的美学》一文以人在不同时期对个体生命的追求为线索呈现了中国美学的发展脉络。皮朝纲、刘方、郭昭第等学人也都致力于挖掘中国传统美学中的生命智慧。皮朝纲、刘方在《中国传统美学的生命智慧》一文中指出中国文化与哲学重"生"的基本精神孕育了中国传统美学独特的生命特征②。郭昭第的《中国美学的生命智慧》一文的主要观点与皮朝纲、刘方相似。郭昭第强调中国美学拥有西方美学所没有的生命智慧，中国美学中的这种生命智慧主要表现在天人合一的宇宙和谐观念和修身为本的自我超越精神等③。这些研究成果都对生命精神与中国古代文论和美学的关系进行了探索。

当前处于社会大转型中的中国人文理念驳杂，生命观照匮乏，主体精神的源泉日益干涸，召唤着忧心忡忡的学人重新认知并思考中国古代文论与美学。而中国古代文论与美学所蕴含的生命精神的独特之处正在于其对生命存在的深刻体验和最高人格境界的努力实现。深具生命精神的中国古代文论和美学思想体系的形成渗透着深刻的人性内容和高尚的人格精神，具有无私宽广的审美

---

① 周兴陆，葛传彬，史红伟. 新世纪之初古代文论研究的思考 [J]. 复旦学报（社会科学版），2000（6）：66-73.

② 皮朝纲，刘方. 中国传统美学的生命智慧 [J]. 西南民族学院学报(哲社版)，1998（3）：56-61.

③ 郭昭第. 中国美学的生命智慧 [J]. 重庆社会科学，2008（3）：105-109.

胸怀,绝非"狭隘地去宣扬个体的生命存在价值"。[①] 中国文学研究的发展正需要这种生命化的转向,去发掘和再现中国美学与文论传统中的文化理性和生命精神。因此,在中国古代文论和美学的研究中出现了一批如张少康的《论以古代文论为母题建设当代文艺学》、袁济喜的《文化关注:中国古代文论研究的新增长点》等等将当代人文精神建构与古代文论生命精神结合起来进行深入讨论和积极研究的成果[②]。

从生命精神与古代文论和美学关系的角度探讨中国古代文论和美学,以更高的理论层次揭示了中国古代文学艺术的本质特征,是一种内部的深层次的研究。因此,这些从生命精神的角度对中国传统美学与文论资源进行研究阐释的成果既体现了新时期以来文学研究者生命意识的充分觉醒和对生命价值的执着探求,同时也反映出这些学者在时代精神鼓舞下对中国文论民族特色的积极探寻。

(二)生命化批评理论的研究

中国古代美学认为,文艺源于生命、表现生命,正是基于这种理念,中国古人以生命观点对待文学作品形式,并认为受到创作主体生命精神影响的文学作品的形式是一种生命形式,也具有生命精神的特征。中国古代文论家常常把被赋予了生命精神的文

[①] 车文丽.中国古代美学的生命精神[D].安徽大学,2008:33.

[②] 蒋述卓.新时期中国古代文论研究三十年述评[J].学术研究,2008(7):123-128.

学作品看作一个有机生命整体,这个有机生命整体是不可分割的,同时也是生气灌注的。这是中国古人生命文学观念的反映。文学研究中的生命观念是一种意义非常深刻的文学观念,有着广泛而深远的影响,其在文学批评领域的反映就是要求文学作品具备生命精神和生命审美特征。生命化批评的兴盛,成为中国古代文论的一个突出特征。对生命化批评的研究凸显出中国古代文论固有的生命精神。

中国古人在人与天的思考中,把自己的生命本质自然化,赋予天地万物以生命精神,在文学创作上,以追求人文合一的实现为至高境界,在文学批评中,又将自己的生命本质与生命精神状态对象化,借人的生命体及其所蕴含的生命精神来进行文学批评。因而,中国古代文论中一直存在着"生命之喻"的生命化批评模式。这种生命化批评采用拟人的手法来评论文学作品及其艺术价值。吴沆言:"故诗有肌肤,有血脉,有骨骼,有精神……四者备,然后成诗。"胡应麟曰:"诗之筋骨,犹木之根干也;肌肉,犹枝叶也;色泽神韵,犹花蕊也。"归庄指出,论诗气、格、声、华,四个方面是缺一不可的,"譬之于人,气犹人之气,人所赖以生者也,一肢不贯,则成死肌,全体不贯,形神离矣;格如人五官四体,有定位,不可易,易位则非人矣;声如人之音吐及珩璜琚瑀之节;华如人之威仪及衣裳冠履之饰"。在这些批评家看来,文学作品生命形式与生命内容血肉一体就如同人的肌肤、骨骼、血脉与精神不能分离,而好的作品形式给人的丰富生命感和美感恰

第二章 文学生命问题研究与生命精神的多向度探寻

似肌肤丰润、骨骼朗健、血脉通畅的散发勃勃生机的健康生命体，能够引起人们对生命的观照。类似以人的生命体喻文的表述在古代中国文学批评和研究中大量存在。

这种文学批评观念被中国现当代文论界的众多研究者纷纷承传。早在1937年，钱钟书就开宗明义地指出，中国传统文学批评所固有的一个基本特点是"把文章通盘的人化或生命化"[①]。在《谈艺录》和《管锥编》中钱钟书也有相关论述。敏泽的《中国美学思想史》第一卷"人化的审美评价"中详尽论述了钱钟书的这一观点。宗白华的《美学散步》中对这种中国传统特色的生命化批评观念也颇有感悟。成复旺《中国古代的人学与美学》对生命化批评理论也有不少论述。钱钟书强调了文学艺术创作的发生、构思、表现等具体环节中作家生命活动所表现出的特点，不过尚未对生命和古代文学艺术的关系进行整体审视与反思。但受到钱钟书的研究的启发，后来许多学者对这种人文同态、同构的文学批评理念与范式进行了进一步的梳理研究，通过撷取中国古代文论的相关资源将其融合成一种新的明确的、系统化的生命化批评理论。如吴承学的《生命之喻——论中国古代关于文学艺术人化的批评》、韩湖初的《生命之喻探源》、张家梅的《人化批评的民族特色与审美价值》、朱中元的《魏晋才性观与人化批评》、吴建民的《中国古代文论对文学形式生命化特征的阐发》等文章都具有颇为重要

---

① 转引自肖占鹏，刘伟.唐代文论中生命化批评的人文意蕴[J].文学遗产.2009(6)：26-33.

的理论意义。吴承学在《生命之喻——论中国古代关于文学艺术人化的批评》一文称这种用人的生命体及其运动喻示文学艺术作品的批评方式为"生命之喻",并从中国古代哲学中的"近取诸身,远取诸物"的象征性思维方式与中国传统文化中的中医理论、相术和人物品评等多个方面追溯了文学批评中的"生命之喻"的理论渊源。而韩湖初《"生命之喻"探源》一文则借助艺术人类学视角,把"生命之喻"的源头推向原始文化中人类对自身身体及其生命运动的审美观照。季广茂《隐喻理论与文学传统》一书的《隐喻视野中的文学传统》一章在论述"隐喻化理论"时指出,中国诗学中有以生命喻诗这个根隐喻[1]。隐喻理论中的所谓生命喻诗亦即中国古代文艺理论中的生命化批评。这些学者从生命化角度着手把古代文学中众多杂乱而无体系的批评范畴和审美理念联系起来,以生命化批评理论对其做了系统而明确的梳理,为中国古代文学及批评理论研究提供了全新的研究视角、方法和途径。

生命化批评理论深刻反映了文学与生命精神之间的密切联系,基本要旨在于认为文学创作过程是作家深刻的生命意蕴的流露和体现,与作家深层生命体验可以说息息相关,作家用心血乃至生命创作出来的文学作品凝聚着作家深刻的生命精神,具有和人的生命特征相似或相通的内涵与形式,而文学是作家实现生命价值的重要载体。对生命化批评理论的研究揭示出中国古典文学

---

[1] 季广茂.隐喻理论与文学传统[M].北京:北京师范大学出版社,2002:156.

艺术追求人文同构、生命不朽的批评理念与审美倾向。同时，因为生命化批评并非一种孤立的文艺现象，它与中国古代社会文化的生命特质联系在一起，这种共同的生命因素是促进中国古代文学繁荣的深层次原因之一。

二、古典文学生命精神的当代阐发与传统生命精神形态的呈现

作为一种历史遗存的古代文学本就远离当代社会文化中心，若要重新进入当代社会的核心话语，成为参与当代社会文化的构成要素，必须要回归原来的民族传统，并用当代的理论观念与之相互沟通，经过当代阐释这一途径以抉发传统的精义，激活古代文学的生命，为当代人所接受和利用，才能成为当代社会的思想文化资源。以钱志熙为代表的中国古典文学领域的研究者借助当时文论研究界的"生命"这一新型学术话语，在古典文学本身的研究中积极开拓新思路，其对古典文学中的生命精神的多方面阐发、引申的阐释性研究就是这样一种颇有意义的尝试。

(一) 古典文学宏观研究转型中的视域转换

自20世纪二三十年代始，尤其在1949年以后，学术界一直以阶级论作为古代文学研究的主要理论武器。20世纪70年代末以来，蓬勃开展的思想解放运动和纷至沓来的西方学术思潮，使得"方法论探索"与"宏观研究"热潮在20世纪80年代中后期的古典文学界蔚成风气。随着"阶级与阶级斗争"理论被逐渐抛弃，意识形态对文学研究的束缚日渐减少，僵化的阶级论研究框

框也慢慢被打破,古典文学领域的研究不再限于政治一隅。1987年11月4日至6日,全国文学学科规划会议在北京隆重召开。这次会议对我国文学研究的形势与任务以及如何深化与发展文学研究进行了认真的分析和讨论。会议认为,新时期以来我国的文学研究已进入了全面建设的新阶段,应从加强对文学史尤其是古典文学史的宏观研究、加强从文化的角度审视文学等五个方面深化和发展文学研究[1]。古代文学研究迎来新的转型,道路也越走越宽广。王钟陵曾指出,建构具有民族特色的文学理论,应建立在民族文学史现象概括也就是文学史重构的前提下,只有先对数千年文学的发展进行深入探究,文学理论的民族化才可能真正实现[2]。陈伯海则进一步强调,中国古代文论能否在今天的中国文论中重新存活并实现真正转变的基本标志就在于应用,而"应用当然会有一个逐步推广的过程,首先可考虑其在中国古典文学研究领域内的作用"[3]。伴随着古代文论和美学中的生命精神的不断发掘和对"生命"相当有力的阐述和强调,受20世纪初郭沫若、宗白华等前辈学者从生命角度出发的有关文学研究的启发,古代文学研究者开始注意从文学与生命的联系考察古代文学和审美意识的发

---

[1] 文学所科研处.全国文学学科规划小组讨论文学研究形势和任务[J].文学评论,1988(2):174-176.

[2] 文学所科研处.全国文学学科规划小组讨论文学研究形势和任务[J].文学评论,1988(2):174-176.

[3] 陈伯海.从古代文论到中国文论:21世纪古文论研究的断想[J].浙江大学学报(人文社会科学版),2006(1):6-8.

展,注重古代文论生命精神阐释在文学研究中的具体应用。这种文学观念和研究视域的转变使古代文学史的宏观研究获得了更为深广的学术境界。

(二) 古典文学作家作品生命精神的当代阐发研究概况

古典文学研究至关重要的一个目的便是通过对古典文学作家作品的深入解读,还原古代审美话语构建的本初语境,引导国人进一步接触本民族文学经典的基本内质,深刻了解本国文化与文学传统的精神要义,为中国文论现代话语转换和中西文论平等对话搭建一个沟通与交流的广阔平台。正如前章所述,表现生命是中国古典文学艺术的基本属性和根本特征。所以,三千年的中国古典文学贯穿弥漫着无穷不息的生命精神,深具人的生命精神特质。因此从生命精神角度考察中国古代文学艺术,无疑是深刻认识和把握中国文学艺术的鲜明特征及其根本规律的一个行之有效的方法和至关重要的途径。故而不少文学研究者提倡应从生命精神的角度透视古代文学艺术,以对其根本精神和本质规律作切中肯綮的把握。古典文学领域的生命精神研究涉及方方面面。新时期以来,从生命精神的角度观照和阐释古典文学者实不乏其人。有的侧重于发生论、创作论方向,探寻其孕育和生成过程,阐释创作者的生命意识及其审美价值观念;有的侧重于审美鉴赏方向,置身于文本世界,阐释文本世界所蕴含的生命精神,重构作家生命世界感受的丰富性和复杂性,进而通过文学文本体验生命、理解生命;有的侧重于系统论、生态学方向,揭示其生命与生态的关联。各有收获,但其对中国古典文学艺术的阐释都归属和指向对生命精神的张扬。

从学术界已有的相关著述来看，目前古典文学研究领域对生命问题的探讨主要集中于对古典文学作家作品生命精神的当代阐发。而在对古典文学作家作品生命精神的当代阐发中有关中国古代作家的生命意识或古代文学作品"生命"主题的研究正呈现日渐增多的趋势。钱志熙的专著《唐前生命观和文学生命主题》以史为线索，对唐代以前文学的生命问题做了系统、全面的研究。刘向斌的专著《西汉赋生命主题论稿》重点探讨了西汉赋的生命主题问题。王凤霞的《先秦两汉生命意识及其艺术显现》、陈婉的《魏晋士人的生命意识——兼及死亡意识》对中国古代文学发展的不同历史阶段的生命意识表现做了宏观的观照和阐述。其他有关庄子、屈原以及李白、杜甫等唐宋诸诗人等的生命观与生命意识研究和《诗经》、古诗十九首、《世说新语》、元杂剧等的生命主题的研究个案皆不胜枚举。诸如钱志熙的《论〈诗经〉中的生命观和文学生命主题》，王蕭的《〈红楼梦〉的生命境界与生命主题》，田劲松的《〈史记〉的生命人学主题》，何蓓、高庆珍的《建安诗歌的生命主题》，许晓晴的《论〈古诗十九首〉的生命意象与主题》，易思平的《论风骚生命主题差异之成因》，孙晓梅的《论陶渊明诗文生命主题的表现形式》，何颖、田劲松的《试论〈史记〉生命主题的艺术表现》，刘兴林的《司马迁的生命意识与〈史记〉悲剧精神》，王卫东、赵兰芳的《死亡意识与艺术活动》，何蓓的《陶渊明诗歌的生命主题》，陈雪萍的《中国古代悲秋文学中的生命意识》，徐柏青的《从〈形影神〉诗看陶渊明的生命价值观》等等。

(三)古典文学研究对生命精神传统意蕴的发掘——以《唐前生命观和文学生命主题》为例

古典文学领域的生命问题研究比较集中地出现在20世纪末至21世纪初的世纪交替之际。其中最有代表性的研究成果便是钱志熙的专著《唐前生命观和文学生命主题》。笔者在此即以钱志熙的《唐前生命观和文学生命主题》中的生命问题研究为例,对新时期以来古典文学研究领域生命精神传统意蕴的发掘作出阐析。

钱志熙在诗歌史及中国古代文学中的生命问题等方面都有突破性的卓有成效的研究,已有五部专著连续问世:《魏晋诗歌艺术原论》《唐前生命观和文学生命主题》《汉魏乐府的音乐和诗》《活法为诗》和《黄庭坚诗学体系研究》。其中《唐前生命观和文学生命主题》是从生命角度研究中国古典文学的重要著作。该书从生命意识这一角度切入反观中国古典文学,将历时描述与理论分析相结合,第一次对上至神话时代下至南北朝的唐代以前的中国文学中的生命问题和唐以前的生命观念的建构过程与发展史做了清晰的勾勒与系统、全面的研究。论述中,既有哲学、社会学、文艺学、美学、史学、文化人类学理论运用为支撑的跨学科的尝试,更有古今学者的相关论述为佐证,理论基础坚实,论证比较科学而富有逻辑。论著在古典文学生命问题研究上有着丰厚的创获,为读者开拓了中国古典文学的新的阅读视角,为研究者提供了新的研究方法,丰富了中国古典文学研究的学术内涵,是对中国古典文学研究的一种突破和超越,推动了中国文学研究学界对古典文学的生命问题的关注和研究。

在该著中，钱志熙首先确认了文学与生命的关系。关于文学史，钱志熙认为，它不仅仅只是一部"文学的艺术发展史"[1]，而且也是一部包含着各种"精神、意识的发展史"[2]，而生命意识发展史正是构成"文学史"的一个重要成分[3]。钱志熙将文学活动作为一种"生命活动"来看待，并且指出，文学作为艺术的一个重要性质就是表现了"生命本身"[4]。他认为，从广义上看，"一切艺术都是生命的表现"[5]。钱志熙的看法与中国传统文论和西方现代生命美学中将人的生命视作审美的根本着眼点相同，强调文学艺术对生命的表现的艺术精神都有着内在的相通性。钱志熙不仅认同"文学即人学"的观念，而且还更进一步指出文学是人的生存意义艺术化的表现，是人生命意识、生命精神的表达，生命精神的研究是对人学研究的深化。钱志熙曾经在其《从生命的角度研究古典文学》一文中指出，从生命及生命问题这一角度研究文学是一个可取的思路。[6] 这是钱志熙学术研究中一直延续的一个重要观点。正如钱志熙所认为"从生命问题出发，可以形成文学史研

---

[1] 钱志熙.唐前生命观和文学生命主题[M].北京：东方出版社，1997：1.

[2] 钱志熙.唐前生命观和文学生命主题[M].北京：东方出版社，1997：1.

[3] 钱志熙.唐前生命观和文学生命主题[M].北京：东方出版社，1997：1.

[4] 钱志熙.从生命的角度研究古典文学[J].北京：文学评论，1997（4）：105-107.

[5] 钱志熙.唐前生命观和文学生命主题[M].北京：东方出版社，1997：72.

[6] 钱志熙.从生命的角度研究古典文学[J].北京：文学评论，1997（4）：105-107.

第二章 文学生命问题研究与生命精神的多向度探寻

究的一种新思路"[1]，从生命这一角度研究古代文学作家作品，能够为文学史的书写与研究增添活力，拓宽文学史研究的视野、途径和方法，也能够为文学的发展提供指导。但之前的文学研究中，多是对某一个、两个作家或某一个类型的作家作品中的生命主题进行个案分析。钱志熙就曾指出古典文学领域的生命问题研究，其现有的研究成果往往更多地体现在对作家的生命思想以及作品生命主题的个案的关注，研究多半仍然停留在单一的、个案式的主题研究的阶段。针对文学生命问题研究的此种状况，钱志熙认为文学中的生命问题有着丰富的内涵，包含着多个层次，涉及"文学全部的整体性的问题"[2]，要使这一研究深化，必须从理论上探索与思考"文学与生命问题的整体性关系"[3]。所以钱志熙在古典文学领域的生命问题研究没有仅仅停留在对古典文学作品个案式的主题解读层面上，而是对文学与生命问题的整体关系都进行了思考。这样一种研究的新视角、新思路，完全不同于以往偏重时代划分及相应时代文学特质描述或偏重作家作品具体分析的文学研究，为文学史研究方法提供了新的可能，其研究视角、思路、方法和内容都发人深省。

钱志熙还在该著中探讨了如何判断文学作品中是否蕴含生命意识的问题。钱志熙认为，虽然"从内容方面来看文学与生命

---

[1] 钱志熙.唐前生命观和文学生命主题[M].北京：东方出版社，1997：2.
[2] 钱志熙.从生命的角度研究古典文学[J].文学评论，1997（4）：105-107.
[3] 钱志熙.从生命的角度研究古典文学[J].文学评论，1997（4）：105-107.

的关系，广义来说，一切文学活动都体现了'生命'这一大主题。但从狭义来说，我们只把在作品中直接地表现出人类的生命观念、生命意识、生命情绪的作品称之为表现生命主题的作品"①。在量上占多数的一般表现现实生活的作品也即表现生活境界的作品中，生命意识处于潜伏的状态，不产生对生命状态的反思。而表现生命境界的艺术，要么因现实生活或自然景物引起对生命的反思，由此产生生命情绪、生命意识，要么直接以生命观、生命意识为表现对象，要么其塑造的形象、虚构的情节完全是建立在某种生命观念之上的②。在此基础上，钱志熙从作品是否直接表现生命主题这一角度出发把文学分为生活、自然、生命三种境界，并以此区分了表现生命、自然与生活的三类文学作品，指出在文学中生活、自然、生命三种境界可以相互转化。钱志熙还进一步对此进行举例说明，指出《诗经》主要是表现生活境界，而《楚辞》和写超自然事物的游仙、神灵、鬼魂之类的作品以及其他各种超自然、超现实的文学，则属于生命境界的文学，而《红楼梦》则跨越、或说包容生活与生命两种境界。③

同时，在《唐前生命观和文学生命主题》一书中，钱志熙对唐代以前文学的生命主题以及文学与生命整体关系的阐释都是建立在对生命观研究的基础上的。文学是在活生生的社会历史文化

---

① 钱志熙.从生命的角度研究古典文学[J].文学评论，1997（4）：105-107.

② 钱志熙.唐前生命观和文学生命主题[M].北京：东方出版社，1997：72.

③ 钱志熙.从生命的角度研究古典文学[J].文学评论，1997（4）：105-107.

背景中诞生的，各种细部因素都可能影响到文学活动的开展，会对文学活动产生不同程度的影响，古典文学研究应"在对复杂文化背景的综合研究和相关学科的渗透中，寻求事物间的联系以及对文学发展历史品性与原理的阐释"[1]。因此，钱志熙对唐前文学史的研究不仅融入了深厚的文化背景，同时也做出了跨学科的尝试与努力。钱志熙在重点论述唐以前文学中的生命意识时，非常重视对唐以前生命观的发展史的梳理。钱志熙曾经明确指出文学中所表现的生命问题不仅仅是一个"主题"的问题[2]，作为人生观核心的生命观是构成一个人的"精神世界的基质"[3]，不仅从根本意义上决定了一个人的价值观念、行为方式和人生境界，而且对人的审美观念也不可避免地产生影响。因而，钱志熙认为文学作品中的生命主题的表现与文人的"生命观"是直接联系的，而文人的生命观又是"社会意识潮流"的产物[4]。生命意识则是构成社会意识的核心，与各个时代的根本性问题紧密联系在一起。[5] 所以在对唐代以前的中国文学中的生命问题做系统探讨的同时，钱志熙也对唐代以前的生命观念的发展史进行了研究。钱志熙指出，

---

[1] 胡建次，邱美琼.20世纪90年代古典文学研究的反思述略[J].上海师范大学学报（哲学社会科学版），2003（4）：75-79.

[2] 钱志熙.唐前生命观和文学生命主题[M].北京：东方出版社，1997：1.

[3] 钱志熙.唐前生命观和文学生命主题[M].北京：东方出版社，1997：1.

[4] 钱志熙.论中古文学生命主题的盛衰之变及其社会意识背景[J].文学遗产，1997（4）：13-21.

[5] 钱志熙.唐前生命观和文学生命主题[M].北京：东方出版社，1997：7.

生命观念是一种上升到了哲学层次的生命思想，生命观念可以分为生命本体观和生命价值观两个部分，生命本体观指对生命本身性质的一种基本认识，生命价值观则包含着对生命存在价值的判断、把握。通常来说，生命价值观是建立在生命本体观基础之上的，但相同的生命本体观却可能导致截然不同的生命价值观[1]。

钱志熙还进一步把生命本体观分为理性生命观和非理性生命观，在该书中常使用理性生命观与非理性生命观这一对概念来分析生命本体观，并且指出理性生命观和非理性生命观是相对而言的，"所谓生命观念的发展，不仅是指理性的发展，也是指非理性的发展。"[2] 生命观的发展呈现出一种理性与非理性交织、互为消长的常态。在这一理论前提下，钱志熙对唐代以前的生命观念的发展史及生命意识与文学表现的相互影响进行了细致的考察研究，如神话与先民生命意识之起源，《诗经》与世俗理性生命观的成熟，诸子生命哲学，汉代神仙文化，魏晋生命情结，南北朝佛学生命观等等。钱志熙把唐以前的生命观的发展史划分为神话时代、诗经时代、先秦诸子时代、秦汉时代、魏晋时代、南北朝时期这样六个历史阶段。他指出，神话时代原始人的生命观的主体部分是非理性的，原始文化也成为非理性生命观的载体和后世各种非理性生命观的源头；诗经时代文明伊始，理性思想萌芽并发展，形成了世俗理性的生命观和宗族大生命观这样两种占主导地

---

[1] 钱志熙. 唐前生命观和文学生命主题 [M]. 北京：东方出版社，1997: 7.
[2] 钱志熙. 唐前生命观和文学生命主题 [M]. 北京：东方出版社，1997: 5.

位的生命观，前者突出生命的个体性，后者突出生命的群体性；先秦诸子时代百家争鸣，奠定了我国传统生命哲学的基础，此时形成的道家的自然哲学生命观和儒家的伦理价值生命观便一直对后世中国古代士群的生命意识产生了主导性的影响，先秦诸子的生命观总体是偏理性的；秦汉时代，则呈现出理性与非理性的生命观的复杂交织；魏晋时代以理性生命观为主流倾向，是个体生命意识觉醒的时期，个体生命意识的自觉，使魏晋时代成为生命色彩极其浓郁的时代，并自觉地将文学活动作为一种生命活动来看待。表现生命、追求生命价值和个体对短暂生命的超越成为魏晋文学的基本主题，构成了生命文学思潮；南北朝时期佛教生命观占支配地位，佛教的非理性生命思想全面地被释放出来，文学中的生命情绪因佛教生命观而淡化甚至消失，逐渐放弃了生命主题，生命文学思潮因此消沉。此时，中国传统的各种形式的生命观和中国古典文学作品中的生命主题表现都基本趋于成熟稳定。钱志熙在《唐前生命观和文学生命主题》中勾勒出了唐代以前生命意识的演进和发展历史，考察了生命意识与文学表现的相互影响，审视了唐代以前的文学和唐代以前中国人的生命状况。

在《唐前生命观和文学生命主题》中，钱志熙将清晰的理论阐释与深入的文本解读相结合，以生命思想作为贯穿始终的主线，用生命意识的发展变化揭示出唐以前文学各发展时期的特色，理清了唐以前的文学发展脉络，对从神话一直延续到南北朝文学的作家作品展开了细致的解读，对各种文学现象及其联系与承继进行了详尽的分析，揭示出从神话、《诗经》、楚辞到汉赋、乐府、文人五言诗等等文学作品所反映的群体或个体的生命意识，显示出深厚的智性学力。论著既有对中国古典文学所表现的生命主题以及文学与生命问题的整体关系的宏观分析，也不乏对具体作家作品的微观引证。不妨以该书的第一章"先民的生命意识及其在神话中的表现"为例，作者在这一章重点阐释了神话所表现出的生命意识及先民生命观与神话中生命主题的密切关系。钱志熙指出，"广义地看，文学中表现的生活，无不蕴含着生命观念"[①]，这实际上为研究者挖掘各类文学作品的深层意蕴提供了一种思路。夸父逐日这一流传于上古的神话故事中的非理性因素反映出先民的非理性的生命观。神话这一幻想形式是先民意志和愿望的表现。作者从生命意识这一角度出发，通过对"日"这一时间意象的分析，揭示了夸父逐日这一神话中所蕴含的原始先民超越时间、超越生命短暂、拒绝死亡、阻止生命终结、希冀生命延续的非理性的生命幻想和愿望，"这种强烈的愿望终于凝生为夸父逐日的幻想"，反映出先民生命意识的强烈觉醒。"日"成了后世诗文中反复出现的感叹生命短暂、表现生命主题的重要意象。神话也成为后世生命文学的渊薮。"在中古文学中，日月运行成了表现生命主题的重要意象，其渊源也可追溯到神话。"[②] 作者对先民生命观的追本溯源的分析和对神话所反映的生命意识的强调，不仅凸显了文学作品的深层意蕴，也使我们对传统文学有了新的解读与诠释。

---

① 钱志熙. 从生命的角度研究古典文学[J]. 文学评论，1997（4）: 105-107.
② 钱志熙. 唐前生命观和文学生命主题[M]. 北京: 东方出版社，1997: 22.

再如第五章"楚辞：个体生命境界的宏伟展示"中，钱志熙通过对《离骚》《九辩》的细致解读具体分析了屈原与宋玉的生命意识的不同，并指出屈原理性的伦理道德价值生命观与宋玉的文士式生命情绪有着明显的个人生命境界的不同，因而表现出不同的生命意识。

中国古典文学艺术以深沉博大的生命精神为其要义，中国古代生命精神的主导内涵中既有对生命短暂、宇宙永恒的慨叹，也有对功业抱负的积极进取、人格理想的执着追求、个体生命与人类群体的融通、人与自然的亲和。钱志熙通过探寻古代文学中生命观念的生成、积淀、传承脉络和生命主题在文学中的具体展现及其演进，剖析了各个不同时期中华民族的文化理性和生命精神。从钱志熙以生命意识为主线的阐释和分析可以看出，其对中国古典文学生命问题的研究重在对中国传统生命观特征的自觉把握和对传统生命精神的文本阐发。如前所述，钱志熙把生命观念分为生命本体观和生命价值观两个部分。在钱志熙看来，生命本体观虽然是生命价值观的基础，但生命价值观才是生命思想发展史上最活跃的部分。钱志熙指出"文学生命价值观是传统文学思想的轴心，是古代文学繁荣的重要原因"[1]，"文学活动对于个人的价值来看，是主体实现其个体生命价值的一种方式"[2]。在中国古代文学艺术观念中，文学创作往往被看作是文学活动主体自身生命形

---

[1] 钱志熙.从生命的角度研究古典文学[J].文学评论，1997（4）：105-107.
[2] 钱志熙.从生命的角度研究古典文学[J].文学评论，1997（4）：105-107.

态的外化方式，是其追求生命不朽的重要载体。钱志熙的看法正符合中国传统文学艺术发展的观念和实践。钱志熙不仅注重文学发展中群体、个体的精神生命意识，强调个体之生命与整体之生命的关联性中来阐释生命的微言大义，而且注重对传统生命价值观念的挖掘与探寻，强调生命的道德价值内涵和生命的人格力度。中国传统生命精神关注个体生命存在的精神性与非个人化的存在深度，将个体生命及其生命价值的取向与其所身处的环境和所依赖的背景看作一个无法割裂和剥离的有机整体。中国传统生命精神对生命存在的关注和生命价值的思考主要突出表现在中国古人对现世人生的"人格美"的精神追求上，亦即对完善人格和完美境界的执着追求，甚至可以说"立德"以"不朽"是中国古代生命精神的最高层次。因而生命个体的价值不再是独立的，也不仅仅归于其自身，而更多的是通过其在社会中所扮演的角色与在社会中所体现的功能来进行定位和阐释。钱志熙在论述屈原的义重于生的伦理道德生命观与宋玉的文士式生命情绪所表现的个人生命境界的不同时，指出道德伦理生命观的形成是人类精神发展史上意义最为重大的成果，并认为屈原不但是中华民族传统精神的先驱人物，而且是第一位全面、深刻地表现了个体生命境界的诗人[①]。其对屈原与宋玉生命存在的关注和生命价值的思考表现出对道德伦理生命审美建构的认同和对中国传统生命精神的赞许。此外，在中国传统生命观念中，人与自然界构成生命的整体。钱志

---

① 钱志熙. 唐前生命观和文学生命主题 [M]. 北京：东方出版社，1997：90.

熙在考察和梳理唐代以前的生命观念的发展史时也对这一传统生命观念进行了阐发，揭示出中国古代生命观对生命与自然之和谐的追求这一重要特色。所有这些都体现出钱志熙对中国传统生命观特征的把握和对传统生命精神意蕴的发掘。

古典文学领域的研究者希冀用当代的生命理论与古代文学中的生命观念相沟通，经过当代阐释这一途径激活古代文学的生命，来启悟当代文学创作与研究，使之成为当代人的思想和文化资源，实现当代生命精神从异己与物化中的突围。从民族的自我反省到古典文学民族特色的探寻与古代文论的创造性转换再到当代文论的建设与重构，古典文学领域的生命问题研究和古典文论与美学生命精神的发掘相互渗透，在对古典文学与文论固有的内在生命精神传统的现代阐发和深入开掘中，为中国当代文学理论体系的建构努力寻求传统思想文化资源。古典文学研究中的生命精神是以偏重于传统内涵的形态呈现出来的，体现了新时期文学研究者生命精神的觉醒，同时也表达了对中国传统特色的生命精神的诉求。

第二节　生命美学对感性生命的理论还原与生命精神现代内涵的激活

文学研究要立足于世界，必须建构自己的理论。古代文学理论和古代文学文本的现代阐释与实际应用为建构中国当代文论和美学做好了准备。正是在这种阐释与应用的过程中，中国当代文论和美学的理论建构也开始逐步生成。"生命"概念成为新时期以来文学研究者们构筑当代文艺学和美学理论框架时不可或缺的一个基本范畴。20世纪90年代生命美学理论悄然进入中国文学研究领域。生命美学以批判实践美学思想中的感性生命主体缺失为其理论着力点并在西方的逻辑理路上以生命为逻辑起点创构了生命本体论。生命美学不断发展深化的理论建构实现了当代美学转型。生命美学以对感性生命的理论还原,激活了文学研究中生命精神的现代内涵,将生命精神这一理论话语引向现代意义上的建构。

一、文艺学与美学研究的融合及生命美学理论建构研究概况

新时期以来文学研究的理论建构与美学理论的发展密切相关。"当人们考虑诸如哲学、文学或艺术史等对美学理论话语的渗透形式时,往往很少去深思美学活动对于其自身之外各种理论深化过程的意义。"[①] 而事实上,新时期以来美学理论的发展对文学研究及其理论的深化有着不可忽视的重要意义。新时期以来,在继承王国维肯定人的感性解放的美学思想的基础上,中国美学研究的许多学者在文化的频繁交流、思想的高度解放和"双百方针"的巨大鼓舞下,积极参与各种美学讨论,发表美学见解,使美学研究有了不同以往的较大发展,并涌现出美学热。美学热持续升温,影响极速波及全国。美学研究对感性自由的探求与对生命价

---

① 王德胜. 中国美学百年进程及其学术史话题 [J]. 江苏社会科学, 1998（6）: 30-35.

值的关注迎合了新时期以来人们想要摆脱意识形态与政治思想束缚的热切愿望，使得美学研究话语范围没有仅仅局限在美学领域，同时也渗透到了文艺学中，而逐渐使得美学与文艺学表现出一种内在的一致性，其中，作为美学范畴的"审美"与作为文学特性的文艺学范畴的"审美"也彼此融合逐渐演变成为一体。1980年，在全国首届美学学会上，胡经之提出建立"文艺美学"，将文艺美学界定为"着重研究艺术活动这一特殊审美活动的特殊规律以及审美活动规律在艺术领域中的特殊表现"[1]，并指出"文艺美学是当代美学、诗学在人生意义的寻找、在人的感性的审美生成上达到的全新统一"[2]，这一建立从审美活动的特性来阐释文学活动规律的"文艺美学"新学科的建议一经提出便得到众多学人的纷纷响应。与此同时，美学自身的学科界限在20世纪80年代也是显得不够清晰的。许多学者对美学著述应以艺术作为研究重心持赞同态度，代表性的学者如蒋孔阳。他认为美学应该加强与艺术的联系，因为美学是对艺术的哲学思考[3]。因而，新时期以来，文艺学学科与美学学科、文艺美学研究在某种范围内出现一定程度的重合。文艺学与美学研究在对彼此的观念与方法的借鉴、互补中逐步走向融合。

中国古典文学与文论出现的生命化研究新声、中国古典美学

---

[1] 胡经之. 文艺美学·绪论[M]. 北京：北京大学出版社，1999：2.

[2] 胡经之. 文艺美学·绪论[M]. 北京：北京大学出版社，1999：1.

[3] 蒋孔阳. 对近年来我国美学研究工作的一些想法[J]. 复旦大学学报社科版，1984（5）：77-80.

对生命核心的强调以及文艺学与美学研究的融合,给20世纪最后10年以及当下复杂的社会历史文化语境中的中国文艺学和美学研究带来了新的动力。生命美学研究应运而生并蓬勃发展起来。生命美学以生命活动与生命意识为视角展开理论探索,其固有旨趣与20世纪80年代以后的中国文学理论话语体系中的生命精神有着直接而显著的联系。所谓生命美学,是"以审美活动与人类生存方式的关系探索即生命存在与超越如何可能为根本指归"[①]的一种美学理论形态,它坚实地奠定在"生命本体论"的基础上,全部立论都是围绕"审美是一种最高的生命活动"这一命题展开的[②]。生命美学主张还原人的个体感性生命,以生命作为审美研究的逻辑起点来审视主体价值并建构了一种相对系统的美学理论体系,确立了美学的生命本体论。新时期以来,国内纷纷发表大量生命美学研究相关论文,还相继出版了生命美学理论专著多部[③]。生命美学研究的相关成果笔者在前言部分的研究现状综述中已多

[①] 阎国忠.走出古典:中国当代美学论争述评[M].合肥:安徽教育出版社,1996:410.

[②] 阎国忠.走出古典:中国当代美学论争述评[M].合肥:安徽教育出版社,1996:410.

[③] 根据林早截至2014年6月8日的数据统计显示,1989年以来,排除中国国家图书馆外国学者、我国港台学者的生命美学主题专著以及内地(大陆)以生命美学为主题的编著类图书,中国国家图书馆收录的国内出版的生命美学主题专著数目就达24本,中国知网期刊数据库收录的生命美学主题论文共计600篇。林早.20世纪80年代以来的生命美学研究[J].学术月刊,2014(9):13-17.

有涉及，从中不难窥见生命美学研究者之众、涉及范围之广、发表论文和出版专著之多，故此不再赘述。这里只列举生命美学理论建构研究的一些代表性的专著，希望可以借此一窥生命美学研究之概况，如：潘知常的《生命美学》，封孝伦的《人类生命系统中的美学》，黎启全的《美是自由生命的表现》，雷体沛的《存在与超越——生命美学导论》，范藻的《叩问意义之门：生命美学论纲》，周殿富的《生命美学的诉说》，陈伯海的《生命体验与审美超越》等等。从这些以"生命"为核心与主题的体系性的美学理论专著可以看出潘知常、封孝伦等当代美学学人对生命美学理论本身的积极自觉建构。在这些当代美学学人中，以潘知常的著述最丰，他不仅发表了《美学的重建》《再谈生命美学与实践美学的论争》等一系列阐释生命美学的内涵、意义等较有影响的论文，而且相继出版了《生命美学》《生命美学论稿——在阐释中理解当代生命美学》《我爱故我在——生命美学的视界》等系统阐释其生命美学理论的著作。

二、感性和个体的凸显与生命精神现代内涵的激活

生命美学理论努力追求美学研究现代性的转型，将美学研究回归人的生命本体，超越了僵硬的主客二分思维模式，以个体感性生命活动作为自己的立足点来探究美及其相关问题，从理性转向感性，强调生命的个体性与感性存在，用个体感性生命的解放激活了生命精神的现代内涵，是对当代个体生命生存现状的一种深刻的理论思考和探索，具有突出的现代意义。

(一) 从实践到生命：生命美学对实践美学的回应

从历史的角度来看，不同美学理论的形成过程，其实也正是相互交流的结果。生命美学理论的建构就是在对话、扬弃、超越实践美学的基础上进行的，对实践美学的理论批判构成了生命美学理论建构的起点。

如前所述早在20世纪之初，王国维、宗白华等前辈学者就开始以人的生命为根本着眼点进行审美思考，强调美对生命的观照。遗憾的是，随着新中国成立后社会历史语境的改变，此后很长一段时期内中国的众多美学家却摒弃了这一基本思路。可喜的是，20世纪80年代初，随着宗白华《美学散步》的出版，曾经无声沉寂了三十余年的"生命"又重新奔流涌动起来。被一度边缘化的"生命"开始重新进入一批颇有胆识的学者的理论思考视野。如王蒙的《文学三元》、刘求长的《文学的根本特征是生命的表现》等文章都从人的生命角度展开对文学艺术本体的思考。1987年，王蒙在《文学三元》中指出文学是一种社会现象、文化现象和生命现象，亦即文学的"三元"，并对文学作为一种生命现象的内涵进行了具体的阐释[①]。随后，刘求长在《文学的根本特征是生命的表现》一文中认为美就是生命的表现，文学艺术是一种对生命的"带感性特征的显现方式"[②]。林兴宅也在《出路：生命自由意识的觉醒》中指出艺术本体与人的生命同构，文艺的本体存在需

[①] 王蒙.文学三元[J].文学评论，1987（1）：5-10.

[②] 刘求长.文学的根本特征是生命的表现[J].新疆大学学报，1988（1）：57-62.

要从人的生命活动中寻求解释，艺术是生命的自由创造，也是人的生命自由自觉本质的一种实现[1]。高楠也认为艺术的本体是"生命本体"，并深入剖析了人的生命的内在机制，指出生命具有"精神与机体的一体性"和"个性与社会性的一体性"这两个密不可分的"一体性"。[2]"精神与机体的一体性"指的是"虽然艺术现象的精神性中存在着艺术的本体，但艺术本体不可能只是精神"[3]，相反的，如果"认为生命仅是机体性的，那就是把人的生命降低为动物的生命，这充其量也只是活着，而绝非生命"[4]。"个性与社会性的一体性"，则指的是"精神是无法脱离社会性的精神"[5]，"机体是存在于社会性中的机体"[6]。杜书瀛也强调："文艺活动本身就是生命活动，就是人的生命活动的一部分。"[7] 此外，陈宏在等人也有类似观点，认为文学的本质体现为"这种自由的生命活动之无限展开的过程，也即文学自律运转的过程"[8]。

20世纪90年代中国经济快速发展，价值失落与精神困惑也与日俱增。新一代年轻学者在中西美学的大碰撞中，相继觅求和

---

[1] 林兴宅. 出路：生命自由意识的觉醒[J]. 福建文学，1988（12）：57-58.

[2] 高楠. 艺术的本体批评[J]. 艺术广角，1989（3）：23-26.

[3] 高楠. 艺术的本体批评[J]. 艺术广角，1989（3）：23-26.

[4] 高楠. 艺术的本体批评[J]. 艺术广角，1989（3）：23-26.

[5] 高楠. 艺术的本体批评[J]. 艺术广角，1989（3）：23-26.

[6] 高楠. 艺术的本体批评[J]. 艺术广角，1989（3）：23-26.

[7] 杜书瀛. 人类本体论文艺美学的特征[J]. 文论报，1989-07-25.

[8] 许明，钱竞，陈宏在，等. 我们的思考与追求[J]. 文学评论，1987（2）：4-21.

树立新的理论立足点,以期超越实践美学,开出当代美学理论新境界,并对人们的种种思想困惑作出积极回应和精神指导。实践美学与后实践美学在世纪之交展开的论争令学界为之瞩目,呈现了中国美学界多元化发展、充满生机活力的理论景观。

实践美学在20世纪50年代后期的第一次美学大讨论中萌芽。在当时特殊的政治背景和社会状况下产生的实践美学,便不可避免地带上了政治化色彩。随着改革开放与思想解放运动的不断深入,学术研究的独立自主性日趋凸显,实践美学也得以成熟于20世纪80年代的第二次美学大讨论。但因为国内当时对马克思主义理解所存在的某些思想局限,以马克思主义哲学的"实践"为逻辑起点研究审美活动而建立起来的实践美学,也在其建构和发展过程中带有难以克服的局限性。作为哲学概念的"实践"是科学的,但作为美学逻辑起点的"实践"却有其天生的局限性。实践美学对审美活动展开考察的前提是将审美活动当作一种实践活动,因而难免以浓重的物质性、现实性、理性掩盖了审美活动作为一种特殊的精神活动不同于一般的物质生产活动的精神性、超功利性、感性特质。实践美学研究的理路,强调人的类本质与类实践,偏重以群体属性代替个体属性,以现实性取代超越性,导致理性挤压了感性、功利压倒了审美,注定被后来理论所超越和发展。这些不足也就因之成为生命美学建构的现实起点。虽然后来实践美学又以"美在创造中"、"美是自由的感性显现"、"美是辩证发展的和谐"等新的理论建树修正了实践美学创建初期的某些理论偏颇,并一度成为中国美学理论发展主潮,在当时有着极为广泛和深刻的学术影响。但实践美学在美学研究中对实践论的主客二分方法的固守造成的对审美活动的感性特征和审美生成主客同一特点的忽视，必然会引出不少问题，有着无法摆脱的困境。

因此，20世纪80年代，年轻的一代学人便开始对实践美学提出了自己的质疑，走上超越实践美学的道路。如刘晓波通过《与李泽厚对话——感性·个人·我的选择》(1986年)一文对李泽厚实践美学的群体理性主义立场作出了自己的评判。刘晓波一直表现出对个体生命存在的关注，并指出艺术作品是作家不可重复的、独特个体生命的形式化，作家将那些直接感受到的内在生命的一切骚动转化为一种可感的、纯粹的艺术形式，并借助这种形式去激发和唤醒其他人的内在生命[1]。杨春时在1986年的《文学评论》上发表《论文艺的充分主体性与超越性》指出文艺作为一种"自由精神生产"所显示的充分的主体性。特别是步入20世纪90年代以后，市场经济的转轨和大众文化的蔓延，更是使得实践美学话语日渐失去言说新生美学语境与话题的功能。随着时代的变化和发展，曾经以显学自居的实践美学悄然丧失了20世纪80年代独有的政治和文化批判功用，同政治和社会场域相对疏离的实践美学话语只能最终退归到学术场。生命美学正是在与实践美学的理论论争中，针对实践美学的局限与不足，以生命作为美学研究的逻辑起点开始了自己的理论探索之路并最终形成了其自身理论的独特性。

----

[1] 王世德.与刘晓波对话——如何估价和展望新时期文学[J].当代文坛.1987(3)：16-20.

(二) 从边缘到中心：生命美学理论对生命的感性诉求的表达

生命美学建构在与实践美学的理论对话的基础之上，有诸多的理论家参与生命美学的建构和发展。作为中国当代美学的新气象，生命美学在学术形态上努力追求现代性的转型。对个体感性生命的关注正是其体现之一。

从20世纪80年代中后期开始，生命美学的倡导者们抓住"生命"这一审美活动的逻辑起点，主要针对西方工具理性对人的宰制，把目光投向了人的个体生命存在在审美活动中的重要意义，坚持从人的生命活动的角度来考察审美活动，提出回归人的本真生存状态，别开生面地以超越主客二分的思维方式研究美学问题，使当代美学研究领域生机再现。

高尔泰在其美学论文集《美是自由的象征》(人民文学出版社，1986年版)中提出美是"感性动力"对"理性结构"的不断超越，充分表达了对自由的诉求与对生命感性动力的执着肯定。高尔泰认为，美离不开生命，自由与生命相连，并强调生命的感性动力是美的来源，人的感性存在形式如人的需要、力量和情感等的活跃，正是人的生命之所以存在的一种证明，否则就只是毫无根据的非现实的存在[1]。高尔泰的主张显露出对个体生命的关注与对个体自由的向往，并借此开始了对实践美学的反思与批判。这种生命化取向是生命美学对话与超越实践美学的序曲。宋耀良在1988年出版的著作《艺术家生命向力》中围绕"美在生命"这一更加明

---

[1] 汝信，王德胜. 美学的历史：20世纪中国美学学术进程[M]. 合肥：安徽教育出版社，2000：23.

确的观点，展开了对艺术本质的严肃思考。宋耀良认为人类理性和文明的发展摧残人类生命力度并使之递减。而艺术产生于生命存在的需要，是人的生命向力的集中展现，因而担负着人类生命力度回归的重任。由人类生命意识引导的生命向力借助艺术这一中介，可以再度抉发人的原始生命力。因此宋耀良把艺术家的生命向力作为建构其美学理论的逻辑起点，强调"美在于生命"[1]的审美理想。他说，"美应能表现生命、观照生命、强化生命……美，应能唤醒生命，激扬生命，指导生命"[2]。黎启全也在20世纪80年代指出，生命在本质上是自由生命，"美的本质就是人的生命活力的自由表现"[3]，一言以蔽之，美乃自由生命之表现[4]。

　　正是这些美学学者在20世纪80年代中后期以来对人的个体生命存在在审美活动中的重要价值的热切关注，导致了美学的生命论的转向。生命美学逐渐从边缘不断向中心移动，成为快速崛起在20世纪90年代中后期的重要理论思潮。生命美学理论研究目前比较受人关注的是两位主将潘知常和封孝伦，生命美学研究形态也随着他们的理论努力和学术贡献在中国学术界取得了最重要的突破。

----

[1] 宋耀良.艺术家生命向力[M].上海：上海社会科学出版社1988：1.

[2] 宋耀良.艺术家生命向力[M].上海：上海社会科学出版社1988：7-8.

[3] 黎启全.关于"美的概念"[J].贵州民族学院学报（社科版），1990（2）：56-63.

[4] 黎启全.关于审美学逻辑结构的初步设想[J].贵州大学学报，1988（4）：50-57.

1. 美是三重生命追求的精神实现

生命美学的主要代表人物之一封孝伦一直坚持生命美学的研究理路，致力于研究生命美学。1999年，封孝伦出版了生命美学理论专著《人类生命系统中的美学》，正式立论并提出三重生命美学理论，较为系统地阐述了自己的生命美学思想。2014年，他又撰写出版了《生命之思》一书，从哲学向度建构了一套系统的生命哲学理论，以进一步深化生命美学理论体系的建构。

与其他众多生命美学理论学者一样，封孝伦对美本质问题的潜心思考和生命美学理论建构也离不开他对当时影响中国美学正盛的实践美学观点的深刻回应与批判。在封孝伦看来，从人的生命出发探寻美的本质问题比实践论的观点更为深刻。因为实践的动力、目的皆来自人的生命，实践活动本身从根本性质上来说就是人的一种生命活动。人首先是一个生命的存在。人的生产并非只是为了满足人的肉体需要，而更是为了在观照中证明自己作为人的自由本质[1]。封孝伦通过对美学史上众多关于美本质的美学命题的层层论辩，提出审美的根底在于人的生命。他认为，客体因满足了人的生命需要所以美，主体因感受到生命冲动和生命愿望的实现所以产生美感[2]。他指出，人类生命存在"是人类一切活动的起点，也是我们认识人类审美活动的逻辑起点"[3]。他强调，生

---

[1] 封孝伦.人类生命系统中的美学·自序[M].合肥：安徽教育出版社，1999：10.

[2] 封孝伦.人类生命系统中的美学[M].合肥：安徽教育出版社，1999：157.

[3] 封孝伦.审美的根底在人的生命[J].学术月刊，2000（1）：5-7.

命意识是艺术之所以发生的原动力，艺术的内容和形式也是由生命意识选择的，而人类创造艺术旨在通过精神时空的构建满足自己的生命目的，因此，"抓住了生命，也就抓住了美的真正内涵"[①]。封孝伦的这些观点将美的本质和人类审美活动的逻辑起点归结于人的生命，将艺术发生的原动力、艺术的内容和形式与人类生命意识深层相连，明确提出了其生命美学的基本思想。

从1988年的硕士论文首次提出生命美学雏形到1999年的《人类生命系统中的美学》一书对生命美学的系统阐述的11年间，封孝伦的生命美学思想不断走向完善和成熟。封孝伦在《人类生命系统中的美学》一书中原创性地提出"三重生命"学说，并完整地呈现出其生命美学理论，这是封孝伦最突出的一个美学贡献，同时也是生命美学一份实实在在的理论创获。

"美就是人类生命追求的精神实现。"[②]这是封孝伦生命美学理论体系深入展开所始终围绕的基本命题与核心结论。封孝伦认为，人类对生命现象的体验、描述只有上升到一种规律的揭示，并形成人生观、世界观的哲学的时候，我们对人类生命的认识才能具有文明、文化建设的基础价值[③]。这也即是说，美学家们"仅仅强调生命这一观念在美学中的重要性是远远不够的，生命美学要成为一种系统的有足够解释力的美学理论，必须在哲学层面对人类

[①] 封孝伦. 从自由、和谐走向生命 [J]. 贵州社会科学，1995（5）：44-49.

[②] 封孝伦. 人类生命系统中的美学 [M]. 合肥：安徽教育出版社，1999：147.

[③] 封孝伦. 生命之思·序 [M]. 北京：商务印书馆，2014：4.

生命有系统独特的看法，要有一套成熟的生命哲学支撑"[1]。因此深谙此理的封孝伦提出了"三重生命"说，即人有肉体生命（或生物生命）、精神生命和社会生命，人是三重生命的统一体的理论。他认为，生命的本质在于求取生存，精神生命和社会生命是由于客观条件不能满足，使生物生命受限，人因此寻求的特殊方式的生存[2]。人的三重生命彼此交织、次第上升构成一个生命统一体。"生物生命"毫无疑问是人的生命基础，也是三重生命的历史和逻辑起点。正是生物生命使精神生命、社会生命的发生成为可能。"精神生命"是"生物生命"的"变式和补充"，是人的大脑细胞对人自身生命活动的"记忆和创造"[3]。"社会生命"的本质是社会造成影响所引起的社会记忆。社会生命超越时空，其价值指向内化并"生存在人类社会的历史过程之中"[4]，而并不在遥远虚无的所谓彼岸。因此，三重生命统一性一旦遮蔽必然带来严重后果。人的盲目或浮躁、社会的片面或偏颇，会应运而生。生物生命被遮蔽，往往容易出现反人性、反人道的社会偏颇；精神生命被遮蔽，则会使人对精神家园和精神生活的需要存在偏见和抵制；社会生命被遮蔽，使人对"何以要自觉地为社会作贡献，要在社会上创造影响，为什么权力是一种资源，公平地分配这种资源对人类有

---

[1] 薛富兴. 生命美学的意义 [J]. 贵州师范大学学报（社会科学版），2002（4）：61-65.

[2] 封孝伦. 人类生命系统中的美学 [M]. 合肥：安徽教育出版社，1999：131.

[3] 封孝伦. 人类生命系统中的美学 [M]. 合肥：安徽教育出版社，1999：131.

[4] 封孝伦. 人类生命系统中的美学 [M]. 合肥：安徽教育出版社，1999：108.

何重要意义"①等问题产生种种困惑。在《人类生命系统中的美学》提出"三重生命"学说之后，封孝伦在《生命之思》一书中深化了人的"三重生命"学说这一关于人类生命的哲学认识，并继续围绕着人的三重生命展开了对由三重生命的哲学认识所产生的新的人文学科的理论视域的探讨。

封孝伦的"三重生命"学说通过对之前往往囿于一面的有关生命哲学理论的补充整合，为生命美学及其他关于生命问题的理论建构与研究提供了一种新的理论视角。封孝伦以此生命哲学理论为基础构筑自己的美学理论大厦。他指出，由于对生命的普遍理性的抽象和生物性基础的拒斥，以往的美学探索不觉陷入了一个难以走出的审美误区，就是将人看作是一种纯粹精神存在，不受肉体需要制约，而人在审美活动中产生的情感本质上不同于日常生活情感，人的审美活动也是无目的的②。封孝伦生命美学理论建构首先直面并肯定人的感性生命之维，并把审美活动中的非理性因素摆到了较高位置，以此超越实践美学对理性的强调。但是，他对于精神生命的关注远远超出了对生物生命的关注。他认为，人与动物相同之处在于有生物生命，相异之处是人还有精神生命和社会生命，人的生物生命被克服又保留在自身的生命系统中③。在"三重生命"学说的理论基础上，封孝伦提出了"美是人

---

① 封孝伦.生命之思·序[M].北京：商务印书馆，2014：4.
② 封孝伦.人类生命系统中的美学[M].合肥：安徽教育出版社，1999：152.
③ 封孝伦.人类生命系统中的美学[M].合肥：安徽教育出版社，1999：411.

类生命追求的精神实现"的美学命题,具体而言即是说美就是这三重生命追求的精神实现。他指出,人的生命追求有直接、间接、正向、反向诸种方式。"以人的生命追求为圆心,以三重生命相对独立的生命形态为骨架,人类纷繁复杂的审美活动都可以从中得到合理的解释。"[①] 美的对象可能在人的生物生命追求或精神生命追求或社会生命追求三个不同的层次上满足人的生命追求,也可能同时满足多重生命追求。封孝伦还以服装为例进行了具体的说明。[②] 封孝伦把人的"生物生命""精神生命"和"社会生命"这些核心的美学观念贯彻到审美活动的基本环节和诸种要素之中,人的审美因之具有三个维度,客观世界的美也显现三重品格。加入"社会生命"一层的生命观对同时作为文化动物的人类具备更强的解释能力,其生命美学的理论张力自然也随之大大增强。同时封孝伦认为对自由的理解也应当与人的生命联系起来,他指出,如果将自由和人的生命需要相比,自由只是手段,生命才是目的,所以如果没有了生命需要,所谓自由也就显得没有任何意义了[③]。"'三重生命'学说为从人类生命追求的完整、丰富性角度理解审

[①] 林早.生命之辩:封孝伦生命美学研究述评[J].美与时代,2014(2):5-9.

[②] 封孝伦在列举中认为,普通的服装主要体现出满足保暖、遮羞等生物生命需要的品格;和尚的袈裟、道士的道袍则具有满足精神生命需要的品格;高级西装、礼服等具有满足社会生命需要的品格。封孝伦.人类生命系统中的美学[M].合肥:安徽教育出版社,1999:164.

[③] 封孝伦.人类生命系统中的美学[M].合肥:安徽教育出版社,1999:142.

美活动提供了哲学基础"①，显示出一种理论的逻辑力和现实的穿透力。当然，封孝伦的"三重生命"学说并未对人类三重生命追求向审美转化的内在机制作出深入系统的阐释，其生命美学理论仍然需要进一步自我深化。

封孝伦的美学之思不仅立足于生命观念的现实与根基，而且有一套自己独特的生命哲学作为理论基础，是一种相对成熟的生命美学理论体系。薛富兴曾经给予了封孝伦的生命美学理论研究以较高评价，他认可封孝伦的专著《人类生命系统中的美学》为其"生命美学理论的系统表述"，甚至认为相对潘知常的生命美学理论，"封孝伦的生命美学理论更为成熟、典型"。②薛富兴的评价虽然仅限一家之言尚待讨论，但其看法也自有其一定的合理性。

2. 以人类自身生命活动作为美学的现代视界

早在实践美学兴盛的20世纪80年代中期，生命美学的另一领军人物潘知常就在《美与当代人》发表了《美学何处去》(1985年第1期)一文，提出了自己最初的关于生命美学的基本构想。20世纪90年代初，潘知常就出版了《生命美学》(河南人民出版社，1991年)一书表达了自己关于生命美学的系统想法，此书被誉为"中国当代美学起航的讯号"。其后潘知常一直致力于生命美

---

① 史云青.中国生命美学的形成及其贡献[J].重庆科技学院学报（社会科学版），2007（5）：105-107.

② 薛富兴.分化与突围：中国美学1949—2000[M].北京：首都师范大学出版社，2006：351.

学理论的完善，对生命美学展开了一系列研究。1996年，他重新梳理了一遍生命美学的相关想法，出版了《诗与思的对话——审美活动的本体论内涵及其现代阐释》一书，从生命活动的角度全面考察审美活动。2002年，该书以《生命美学论稿》为名重新改写出版。2009年，潘知常又出版了《我爱故我在——生命美学的视界》一书。

潘知常的生命美学同样建构在对实践美学的批判与继承上。潘知常认为，美学就是生命的最新阐释，是对人类生命存在及其超越如何可能的冥思[1]。因而，美学应将人类的超越性的生命活动作为自己的逻辑起点[2]。他抓住实践活动与审美活动的不同，把审美活动看成是一种以实践活动为基础，同时又超越于实践活动的生命活动[3]。潘知常在专著《生命美学》中开宗明义地提出："美学必须以人类自身生命活动作为自己的现代视界，换言之，美学倘不在人类自身的生命活动的地基上重新建构自身，它就永远是无根的美学……"[4]他在该书的绪论中指出，研究对象、研究内容和研究方法三个触目惊心的失误潜藏在当代中国美学研究巨大成就的背后。以往的美学，就研究对象来说是把美、美感、审美关系等当作研究对象，只能以理解物的方式去理解美学，是无根的、冷冰冰的美学；就研究内容来说，人类自身的内在的生命活动和

[1] 潘知常. 生命美学论稿 [M]. 郑州：郑州大学出版社，2002：35.

[2] 潘知常. 反美学 [M]. 上海：学林出版社，1995：384.

[3] 潘知常. 诗与思的对话 [M]. 生活·读书·新知三联书店，1997：155.

[4] 潘知常. 生命美学 [M]. 郑州：河南人民出版社，1991：2.

第二章　文学生命问题研究与生命精神的多向度探寻

体验被消解了,审美的本体意义、存在意义也被遮蔽了;就研究方法来说,美学研究者沉溺于美学体系、美学范畴之中,用体系和范畴消解了人、抽象了人。潘知常认为,美学只有以生命为视野,才能够充分凸显"审美活动在现实社会中作为人类生命活动的最高表现以及在理想社会中作为人类生命活动的普遍形式"[1]这一性质,也才能够充分凸显"审美活动作为人类感性的超越与生成的中介作用"[2]。潘知常以生命为中心视点,对以往美学作出上述三点批判,并指出美学必须以人类自身的生命活动作为自己的现代视界,为当代美学开启了另一扇崭新的窗户。

潘知常不是以外在于人的对象而是以审美活动本身为美学研究对象,借助对个体感性生命的还原和彰明,对审美之于人的生命所具有的本体论层面的意义进行了阐发。潘知常认为,对有限生命的超越就是审美活动的最本质的特征。审美活动能够使有限的生命成为无限的生命,并达到自由生命或审美生命,这种审美生命通过与生命的交流、对话为生命创造出其价值与意义,不仅能够征服生命,还理解生命,它创造出"从有限超逸而出的永恒的幽秘"[3]。潘知常的生命美学以生命为视点,超越了主客二分思维模式,试图通过描述"审美活动",进而揭示生命,是一种为恢复美学的超越性、走出美学研究困境而做的努力。正如潘知常所

---

[1] 潘知常. 生命美学 [M]. 郑州:河南人民出版社,1991:7.

[2] 潘知常. 生命美学 [M]. 郑州:河南人民出版社,1991:7.

[3] 潘知常. 生命美学 [M]. 郑州:河南人民出版社,1991:97.

说:"生命美学强调从超主客关系出发去提出、把握所有的美学问题……美学的领域是对于必然性领域的超出。"[1] 潘知常的生命美学理论研究已得到了中国学界不少同行的认可,如陈望衡在《20世纪中国美学本体论问题》中对潘知常所倡导的生命美学的评价:"生命美学从人类生命活动的角度去考察审美活动,揭示了生命与美的本质的联系,为当代中国美学的转型提供了一种可贵的思路。"[2]

生命美学理论研究者以"生命"这一相对"实践"来说更富有本源性的范畴作为审美活动的逻辑起点,在批判实践美学的感性生命主体缺失的基础上,开始了对生命美学自身完整的理论体系的积极建构。生命美学使审美与生命深层联系,主张在主客深层相融的基础上生成美、认识美,使生命自身成为自我观照的对象和目标,"是一种更具本源性的美学"[3],"是当代中国美学的重要理论收获"[4]。没有感性的生命活力就没有现代生命精神的生成。生命美学所一再表白的生命其所指也主要是个体的感性生命。因而,生命美学理论建构中的生命精神是以偏重于现代内涵的形态呈现出来的。生命美学以当下个体生命存在的美学之思为主要理

---

[1] 潘知常.再谈生命美学与实践美学的论争[J].学术月刊,2000(5):49-56.

[2] 陈望衡.20世纪中国美学本体论问题[M].武汉:武汉大学出版社,2007:418.

[3] 刘成纪.生命美学的超越之路[J].学术月刊,2000(11):8.

[4] 薛富兴.生命美学的意义[J].贵州师范大学学报(社会科学版),2002(4):61-65.

论基点,用个体生命的肉身存在及其感性冲动积极谋求着自我生命的感性诉求的表达,与国人对自身生命精神的肯定相契合。正如王晓华说:"只有在人将自己如其所是地把握为感性而能动的生命存在时,他才可能真正领受更广阔生命的本质并真正地以生命的基本原则为依据言说美。"[①]中国传统艺术与文化中的感性生命精神是十分贫弱的。以潘知常、封孝伦的研究成果为代表的生命美学理论在西方现代生命哲学美学与中国本土生命精神的交汇中,沿着西方偏重感性和个体的逻辑理路,强调对感性生命与个体的关注,以对感性生命的还原否定传统文化理性,将中国传统生命精神引向了现代意义上的建构。生命美学对个体感性生命的还原,弥补了传统生命精神中感性生命的缺憾,使新时期以来美学研究与文学研究中的生命精神的内涵具有了更多的现代质素。

第三节 现代新儒家文艺美学研究与生命精神民族内质和世界因素的融合

现代新儒家是发端于20世纪20年代初期的一个重要的学术思想流派。20世纪50年代以后现代新儒家在我国港台地区继续发展,20世纪80年代现代新儒家的第三代传人积极游走于我国内地与港台、亚洲与欧美之间,通过著文立说、讨论讲演等活动快速发展,其影响波及欧美。现代新儒家薪火相传历经三代,影

[①] 王晓华.西方生命美学局限研究[M].哈尔滨:黑龙江人民出版社,2005:3.

响日渐扩大,在我国港台和内地乃至欧美都颇具影响,具有一定的国际性影响力。在方克立看来,"在现代条件下重新肯定儒家的价值系统,力图恢复儒家传统的本体和主导地位,并以此为基础来吸收、融合、会通西学,以谋求中国文化和中国社会的现实出路的那些学者都被看作是现代的新儒家。"① 现代新儒家的代表人物有熊十力、梁漱溟、张君劢、方东美、唐君毅、牟宗三、徐复观、杜维明、刘述先、余英时、成中英等。在过去的40年里,随着中国大陆的改革开放,海外、港台的现代新儒家学者如杜维明等陆续多次前来大陆访问讲学,积极宣传新儒家的主张,并越来越赢得大陆学界的关注,逐步发展成为中国学术界的显学,在大陆学术界产生了很大影响。虽然作为一个开放系统,现代新儒家思想仍然处于不断的演变与发展之中。但是,现代新儒家主张"返本开新""援西入儒",通过对传统儒学的现代阐释致力于中国文化现代化和社会现实出路的这一总体特征和基本理论旨趣却从没有改变。

新时期以来,现代新儒家成为与马克思主义、西方文化鼎足而立的中国大陆三大思潮之一。如前所述,在中西互动、政治思想、文学实践等合力共同作用所形成的新时期以来的特殊境遇中,生命精神成为文学研究的重要的理论话语和理论视野,随着现代新儒家思潮越来越受到国内学术界的关注和重视,这种理论话语和视野也被带入到对现代新儒家的研究中,现代新儒家理论学说

---

① 方克立.现代新儒学辑要丛书[M].北京:中国广播电视出版社,1992:3.

中的生命精神也随之被不断地挖掘和发现。现代新儒家融合西方，挺立传统，以中国传统文化精神作为自己的学术基点，倡扬道德生命，复归生命精神的民族传统意蕴，在现代语境下对民族生命精神进行一种创造性的转化，在生命精神的阐扬和理论建构上取得了突出成就。新时期以来现代新儒家思想中的生命精神的不断发现和研究对当代中国文学研究中生命精神的世界性因素的发展具有重要的推进作用。

一、现代新儒家文艺美学研究的突破与现代新儒家生命精神的发现

由于历史与政治的多重隔离，大陆学术界和思想界对现代新儒家曾经一度知之甚少，更遑论系统的研究了。20世纪80年代，改革开放的发展及文化问题的讨论带来对传统文化与现代文明关系的重新反思，现代新儒家对民族传统文化的现代化与世界化的锲而不舍的追寻犹如一阵飓风喷涌而来，格外引人注目而迅速受到研究界的普遍关注。大陆学界现代新儒学相关的研究工作由此有序展开。随着国内关于现代新儒家研究的不断开展，现代新儒家的哲学思想、文化思想、政治思想逐渐成为众多学者深入研究的对象，相当多的评传、传记及文集著作和期刊论文等成果相继产生，各种国际国内学术研讨会也陆续举办。

在这些研究工作中，最具规模的是曾作为两届国家社科基金重点课题的"现代新儒家思潮研究"课题的研究工作。在方克立、李锦全两位学人的全面主持和领导下，"现代新儒家思潮研究"课

题组汇集了国内十几所重点高校和科研院所的40余名学者的研究力量，逐步开展对现代新儒家专人专题的深入系统的研究，"现代新儒家思潮研究"课题组从搜集、整理现代新儒家的原始资料开始，出版了一系列的全集、论文集、人物评传、思想评传等。如由方克立、李锦全二位主编的《现代新儒学研究论集》第一、二辑两辑，《现代新儒家学案》上、中、下三册以及《现代新儒学辑要》丛书，该丛书分别辑录了14位现代新儒家代表人物的代表性论著。"现代新儒家思潮研究"课题组在资料的整理和义理的阐释等方面所取得的成就为研究的进一步开展奠定了坚实的基础。此后的现代新儒家研究很快扩展到整个中国哲学、文化研究等领域，可以说，研究成果丰硕，研究成绩斐然，既有个案研究也不乏群体研究、综合研究，大量的专著和论文相继被撰写和出版。

但是，学术界对现代新儒家的研究主要瞩目于哲学、历史学、宗教学和文化研究领域，而对现代新儒家的文艺美学思想的研究缺乏应有的足够关注，"除少数几篇论文给予匆匆的一瞥外，目前尚无学术专著全面而系统地探讨这个问题"[①]。另据朱栋霖指出，1997年的国际儒学研讨会上提交的300多篇论文和钱穆百年诞辰研讨会上的200多篇论文中均无一篇是研究新儒家诗学思想

---

① 侯敏.有根的诗学:现代新儒家文化诗学研究[M].上海:上海人民出版社，2003:1.

第二章 文学生命问题研究与生命精神的多向度探寻

的[①]。其他研究者的统计也反映了类似的问题[②]。"当我们回顾百年中国诗学的发展历程时,有一种研究无疑被学术史忽略了,那就是新儒家的诗学。"[③] 而事实上,现代新儒家的文学观、美学观是与文化观紧密联系在一起的。钱穆指出,若要保存中国文化,首先要保存的就是其中的文艺[④]。早在20世纪早期现代新儒家就提出过有关中国文学理论体系重构的相关问题,"如能了解这个文学中所表现的中国式的美感种类,中国文学表现美感之方式,中国文学特殊之哲学的意义体裁,中国文学特殊象征法之哲学的意义……就可重建一种中国文学理论体系"[⑤]。从中足可窥见现代新儒家对诗学、文艺美学思想的关注。

现代新儒家的文艺美学思想既是现代新儒家学术思想的基

---

① 朱栋霖.有根的诗学:现代新儒家文化诗学研究·序 [M].上海:上海人民出版社,2003:6.

② 据吴锋统计,从2000年到2005年底,中国期刊网上现代新儒家学术思想的中文研究论文虽然有27篇之多,但从文艺美学角度来研究现代新儒家的却只有5篇,此外,2005年在武汉大学举行的第七届新儒学国际学术会议上提交的120余篇论文中没有1篇专门研究新儒家文艺美学思想的,同年在浙江召开的当代儒学国际研讨会上提交的80余篇论文中同样没有专门研究现代新儒家文艺美学思想的论文。吴锋.现代新儒家文艺美学思想研究 [D].桂林:广西师范大学,2007:5.

③ 胡晓明.重建中国文学的思想世界如何可能:以新儒家诗学一个案为中心的讨论 [J].文艺理论研究,2002(6):26-37.

④ 钱穆.中国文学论丛 [M].生活·读书·新知三联书店,2002:140.

⑤ 侯敏.返本开新的诗学建构:现代新儒家文化诗学的启示 [J].江苏大学学报(社会科学版),2005(3):18-23.

本构成部分又是中国文艺美学研究领域的重要内容。但对现代新儒家文艺美学思想的研究却无疑被学术界所长期忽视。可喜的是，21世纪以来，现代新儒家的文艺美学思想领域也开始获得学术界的重视并逐渐有了新的拓展和重要突破。文学研究者将生命精神这一新时期以来文学研究的重要理论视野运用于对新儒家文艺美学思想内涵的发掘和解读，通过研究与阐释发现了现代新儒家学说中对生命精神的理论创构，使现代新儒家生命精神获得阐扬和光大。随着现代新儒家思潮在哲学、文化、文艺美学等各个领域越来越受到国内学界的重视，现代新儒家理论学说中的生命精神被不断地挖掘、发现和阐发，并渗透进新时期以来的文学研究，参与了当代中国文艺理论的建构。如侯敏的专著《有根的诗学——现代新儒家文化诗学研究》、柴文华的专著《现代新儒家文化观研究》、张毅的专著《儒家文艺美学——从原始儒家到现代新儒家》对现代新儒家的文艺美学思想观念做了较为细致深入的系统研究。孙琪所著的《中国艺术精神：话题的提出及其转换—台港及海外新儒学的美学观照》则以"中国艺术精神阐释"为中心对现代新儒家的美学思想与文学批评实践进行了研究。此外，胡晓明的《重建中国文学的思想世界如何可能—以新儒家诗学一个案为中心的讨论》从"新儒家诗学"的宏观视野，分析了马一浮、钱穆、徐复观的诗学思想；吴锋的《现代新儒家文艺美学思想研究》对现代新儒家学者的文艺美学思想进行了宏观的整体研究，并对其理论价值和意义进行了阐述；马林刚的《现代新儒家文艺美学思想探论》对现代新儒家文艺美学思想的内涵、特征及价值展开了论述;黄仲山的《近代以来新儒学思想在文艺领域的影响与得失》论述了现代新儒家文艺思想对近代以来的文论构建和创作实践的影响。在此,我们不妨摘取侯敏的《有根的诗学——现代新儒家文化诗学研究》和张毅的《儒家文艺美学——从原始儒家到现代新儒家》这两个现代新儒家文艺美学思想研究的代表性成果略做说明和阐述。

与以往学界往往将笔力过分聚焦于研究和探讨现代新儒家的文化观、历史观、哲学观等而缺乏对其诗学思想应有的关注和认识不同,侯敏的《有根的诗学——现代新儒家文化诗学研究》一书在爬梳现代新儒家的哲学与文化思想的基础上,对现代新儒家的诗学理论及其脉络做了系统的阐发、细致的钩沉和深入的研究,分别对梁漱溟、冯友兰、熊十力的哲性诗学观、钱穆的人生文学观、唐君毅的仁道美学观、徐复观的艺术心灵观、方东美的"生生"诗学观、牟宗三的审美范式观这些现代新儒家代表性学者的诗学思想展开了详尽的阐述,揭示出现代新儒家文化诗学的生成方式和根性特征,为我们细细勾勒出现代新儒家文化诗学思想的基本框架和发展脉络,不仅大大拓宽了现代新儒家的理论研究视野和领域,而且对现代新儒家文艺美学思想研究颇有一番"开创之功"。

正是从现代新儒家的生命精神出发,侯敏为我们推演出了现代新儒家的文化诗学体系。论著在材料爬梳的基础上对现代新儒家学者的诗学思想进行了宏观的分析、把握。如该书对作为现代新儒家早期学者代表的梁漱溟、熊十力、冯友兰的哲性诗学进行了阐释。早在20世纪上半叶,现代新儒家的早期学者们就以对文学的美学关注呈现出独树一帜的文化诗学观念。侯敏在该书中对梁漱溟关于文学艺术作品之本质乃"真切地动人感情",灵魂乃"生命本性的流畅",因而文艺作品需"直入人类生命深处"的文艺本质观的论述[①];对冯友兰关于理一分殊的文学艺术本质和文学艺术作品的"同天境界"的诗学思想的阐发,都是切中肯綮的。而且侯敏对现代新儒家早期代表人物的诗学观的阐述始终关注其在中西文化冲撞下和文化变革之中是如何抉发中国人文学术的内在生命力的,对处在文化转型时期、日趋现代化的当代学术思想的发展不能不说没有深刻的启示意义。又如,论著对钱穆有关宇宙与人生、文学和道德、文学与艺术的和合之美和人生诗化与诗化人生、诗史互渗与诗人互通、文以达心与文以体性的人生文学观的分析;对牟宗三在整合性理(儒家)、玄理(道家)、空理(佛家)以及哲理(康德)的基础上从中国文化范型与审美特征、智性与审美判断、美善关系方面进行的儒家诗学的形上建构所构筑的审美范式的论证;对方东美以生生之德为诗学基础、以生生之理为审美之源,建构在民族传统生命精神与艺术理想之上的诗学观的阐发等等,也都不乏精辟的见解。

同时,论著还着重分析了现代新儒家学者坚守民族文化之根对传统文化诗学的现代转换。现代新儒家持守鲜明的中国文化本位和本土价值立场,努力贯通中国哲学、美学以及文学之间的生

[①] 侯敏.有根的诗学:现代新儒家文化诗学研究[M].上海:上海人民出版社,2003:41-42.

第二章　文学生命问题研究与生命精神的多向度探寻

命精神意蕴,建构了以中国传统文化为本位的思想理论体系,有效地推动了中国美学和文论的创造性转型与现代转化。蒋述卓就曾经指出,现代新儒家文化诗学的现代转换,注重继承文化精神传统,并结合当下生存境遇,做一种整体上的现代整合,是中国文论的一个成功个案[①]。侯敏认为现代新儒家之所以能够实现"创造性的转换",在于他们的诗学一方面植根于传统,力求"弘扬中华文化精神传统",另一方面又没有囿于传统,坚持"援西学入儒学",丰富了中国现代诗学话语底蕴,并以返本开新的方式建构了以"'人化'—'心化'—'生化'"为中心的中国诗学理论体系[②]。侯敏在对现代新儒家文化诗学思想的细致研究中凸显出了现代新儒家学者坚守民族文化之根、挣脱"西方中心主义"束缚,以返本开新的方式开辟"有文化内涵的、有生命活力的中国诗学话语场"[③]、参与现代诗学建构的基本治学理念,并对他们的学术贡献表现出了高度的评价和赞许。

　　侯敏的研究以现代新儒家诗学的研究为中心,彰显出其生命诗化或诗化人生理论中的生命精神与诗性智慧,打通了思与诗、传统与现代、历史与当下的阻隔。

----

① 蒋述卓.多维视野中古代文论的现代转换[J].浙江大学学报(人文社会科学版),2006(1):8-11.

② 侯敏.有根的诗学:现代新儒家文化诗学研究[M].上海:上海人民出版社,2003:35.

③ 侯敏.有根的诗学:现代新儒家文化诗学研究[M].上海:上海人民出版社,2003:205.

张毅的著作《儒家文艺美学——从原始儒家到现代新儒家》以时间为经，以文艺美学涉及的重要命题、范畴和问题为纬，系统梳理和全面论述了儒学的思维模式、审美取向、文学思想的发展轨迹、生命意义与现代意义及其演进过程对文艺美学的影响，思路开阔，行文畅达。该著建立在原始材料梳理和个案研究的基础之上但又不乏理论的总括，既有历史面貌的细致清理，又有现代意义的全面把握。

该著着力较多的便是现代新儒家的生命美学及其文艺思想，彰显了现代新儒家生命美学及其文艺观的理论贡献与思想意义。张毅强调：方东美的"生命情调"、唐君毅的"生命存在"、牟宗三的"生命智慧"等揭示出了中国传统文化的普遍观念，方东美的"诗哲之美"、徐复观的"中国艺术精神"等探讨了中国传统文化的具体层面，现代新儒家以融合西方生命哲学、挺立中国人文精神为思想旗帜，在此思想引领下建构的生命哲学以提高生命意义、增进生命价值为终极关怀，以彰显中华民族的生命情调、生命存在和生命精神为宗旨，其文艺美学思想以重建民族特色的中国文学艺术为追求。前文已提及新时期以来学界对现代新儒家的文艺美学思想的研究和关注本就并不多，因而如张毅一般以现代新儒家文艺美学思想为枢纽纵横古今、融汇中西者更是少见。张毅以东西文化冲突和思想会通为背景对方东美、唐君毅、牟宗三和徐复观的哲学观和文艺美学思想做了细致的描述和深入的分析，大有创获。张毅在该书的绪论中指出，面对西方文化的剧烈冲击，建设具有民族特色和东方神韵的中华审美文化关键在于能否一方面吸收外来的思想学说，一方面又继承本民族历史文化的精神遗产，这是一个困扰了中国学人一百多年的理论与现实问题[①]。而一方面吸收外来的思想学说，一方面又不忘本民族的文化传统，求新而不肯弃旧，是现代新儒家面对文化认同危机时的基本态度[②]。因此，张毅在系统梳理儒家文艺美学思想的发展时始终关注并彰显其所表现出的生命精神，着力分析现代新儒家学者如何对传统文艺美学思想中的生命精神进行创造性的现代转换。张毅将儒家文艺美学本身视为生生不息的传统，为我们揭示出儒家文艺美学思想在不同的历史语境中不断自我更新和面对异质文化的剧烈冲击时不断创造性转化的发展历程。"从孔孟以仁学为根本的善美合一的人文理想，到宋明理学一系列本于生命之理的基本概念如道、气、性、命等，再到现代新儒学自觉建构的体现中国文化生命精神的人生哲学和美学，'张著'为我们理出了儒家美学生命精神承传、发展的总脉络。"[③]

在新的历史时期和新的历史语境之下张毅在现代新儒家文艺美学思想的研究中把生命精神作为一个重要命题提出来，总结相关历史经验，寻求有效解决思路，提供了颇为有益的借鉴，无疑

[①] 张毅.儒家文艺美学：从原始儒家到现代新儒家[M].天津：南开大学出版社，2004：1.

[②] 张毅.儒家文艺美学：从原始儒家到现代新儒家[M].天津：南开大学出版社，2004：347.

[③] 刘绍瑾，孙琪.关注儒家文艺美学的生命精神[J].中国图书评论，2005(11)：48-50.

有着极强的学术史意义和现实价值。

这些跨越哲学、文艺学、美学等诸多学科并力求融贯古今中西的研究成果本着对中华文化和民族文艺美学建设的思考，通过研究现代新儒家的文艺美学思想，重点阐发和发掘了蕴含其中的生命精神，使生生不息的民族传统拥有了生命精神的当代视野，为民族生命精神的现代性转化和世界性因素的发展提供了有益的借鉴，推动了当今文学和美学理论中生命精神研究的发展，对中国文艺美学精神的建构过程中生命精神民族内质与世界因素的融合和中国文学研究的发展产生了不可忽视的影响。

二、民族生命精神诉求的现代性表达与生命精神民族内质和世界因素的融合

现代新儒家文艺美学中的生命精神是以传统与现代、民族性与世界性内涵相融的形态呈现出来的。在现代新儒家文艺美学思想的研究中，侯敏、张毅等研究者既能体认区分现代新儒家诸位学者文艺美学思想的不同，又能够从其文艺美学思想中抽绎提炼出生命精神这一共同倾向。正如侯敏所言："新儒家文化诗学的核心是生的意趣或'生生精神'。新儒家具体论证了中国美学中的生命精神的普遍性和特殊性。"[①] 正是从现代新儒家自身对生命精神的理论创构出发，研究者们为我们梳理出了现代新儒家文艺美学思想体系的基本脉络和大体框架，并为我们呈现出现代新儒家在

---

① 侯敏.有根的诗学:现代新儒家文化诗学研究[M].上海:上海人民出版社，2003：18.

第二章 文学生命问题研究与生命精神的多向度探寻

其思想理论体系的建构中对道德生命的倡扬与复归以及在中西视域融合对民族生命精神的创造性转换，使新时期以来文学研究中的生命精神内涵拥有了更多民族内质和世界因素。

对现代新儒家思想的探索和研究告诉我们，现代新儒家出入中西，反归儒学，致力于从儒学角度重新体认和解读生命精神，宣扬道德理性和人格塑造，以中国传统文化精神作为自己的学术基点，注重民族生命精神，并努力探寻其与现代世界接续的契机。在现代新儒家看来，道德是生命的本质和价值体现，"我们不仅仅是为了生活而生活——那是任何野蛮动物都能做到的，我们是要不断地提高生命意义，增进生命价值，再接再厉，以至于至善，我们是为了实现最高的价值而生活"[①]。现代新儒家所理解的生命，不仅有自然生命还有真实生命。自然生命是人的生命存在的物质、生理形态，是其他一切可能性得以存在的前提。真实生命指的就是道德生命，是一种更为高妙的具备仁心的生命形态，是一种超越存在。也就是说，现代新儒家认为生命的重要性并不仅仅在于肉体生命本身，在人的生命统一体中，人的最真的生命在于道德生命。只有同时具有真实生命的人才能"反求自证"我身与宇宙万物同具一体，超越自然生命本性的局限，也才能达到流行创化的至善和纯美。

关于自然生命与道德生命，牟宗三说："生物生命的创造性只是机械的（Mechanical），唯有精神方面道德方面的创造性才可算

[①] 方东美.中国人生哲学[M].台北：黎明文化事业股份有限公司，1982：194.

是真正的创造性(Real creativity)"[①]。因此,牟宗三指出,"人所观照之物亦不能外在化为知识所对的客体,它必内在化而与自家生命息息相通"[②]。达到宇宙本体需要艺术和道德途径来完成。唐君毅认为,哲学的意义根本在于提升生命精神境界。他曾这样说:"吾今以为一切哲学之中心问题,乃生命观念问题。"[③] 在《生命存在与心灵境界》一书中唐君毅视宇宙万事万物为寻求超越的过程,将生命自身和心灵存在看作一个实体,为超越而存在,生命心灵次第上升、不断自我超越,从现实生活逐渐向上直至天人合德的最高价值世界[④]。唐君毅同牟宗三一样,都很重视并强调道德生命对美的产生和提升的重要意义。因此,对生命精神的深刻把握使唐君毅对艺术本质的体悟十分注重主体的灵性。他指出:"中国之自然文学,则所重视者,在观天地之化机、生德、生意。"[⑤] 唐君毅将艺术家的灵气作为审美和创造的主观动因,灵性统摄自然和人灵之气,是文学艺术审美和创造的主观动因。徐复观同样主张心性之"仁"乃生命之本源,认为道德与美能够和谐融通,因而"道德充实了艺术的内容,艺术助长了、安定了道德的力量"[⑥],并提

[①] 牟宗三. 中国哲学的特质 [M]. 上海:上海古籍出版社,1997:65-66.

[②] 牟宗三. 道德的理想主义 [M]. 北京:群言出版社,1993:167.

[③] 唐君毅. 中国哲学原论·原道篇 [M]. 北京:中国社会科学出版社,2006:877.

[④] 唐君毅. 生命存在与心灵境界 [M]. 石家庄:河北教育出版社,1996:19.

[⑤] 唐君毅. 中国文化之精神价值 [M]. 桂林:广西师范大学出版社,2006:237.

[⑥] 徐复观. 中国艺术精神 [M]. 上海:华东师范大学出版社,2001:10.

出回归到生命本源的"心性"以彰显生命之美,建构生命的价值。方东美认为生命是一种贯通宇宙万物人生的遍在的生生不息的本有属性和大生广生的创造力,强调人类生命的伦理价值和精神价值,将人的生命活动的本质提升为对真善美的追求。方东美指出,在作为普遍生命之表现的宇宙中,物质条件与精神现象是融会贯通的,可以达到浑然一体而毫无隔绝的境界,"一切至善尽美的价值理想,尽可以随生命之流行而得着实现"[①]。在方东美看来,生命精神是不断向上提升的,最终止于"天人合德",人类应该遵循生生之德将自然生命、物质生命提升为道德生命、精神生命,并在不断向上提升生命精神的过程中实现崇高人格的塑造与完美人生境界的超升,将人的生命导入尽善尽美之境,实现生命潜藏的价值和意义。现代新儒家挖掘了中国传统文化中的生命资源,揭示了以儒家思想为主导的生命精神,表现出对道德理性生命精神的复归和对民族特色的生命精神诉求的现代性表达,自觉创构了一种能够充分体现中国文化精髓的生命精神。

现代新儒家在作为中国传统哲学精髓体现的生命精神的理论阐释和建构上取得了极大的成就,发掘并凸显了生命精神的民族内质。生命精神是现代新儒家文艺美学的核心概念,具有形而上学的意义。梁漱溟、熊十力、牟宗三、唐君毅、徐复观、方东美等人对中国传统文化的发掘均表现出对生命精神这一角度的特别青睐。现代新儒家强调中国文化是富于生命精神的心性文化,应

---

① 方东美.中国人生哲学[M].台北:黎明文化事业股份有限公司,1985:20-21.

该加以大力弘扬,因而特别关注其生命精神的理论创构与创造性转换。

柏格森等人的生命冲动等概念经常出现在方东美等现代新儒家学者对生命精神的创构中,但从本质上看,现代新儒家对生命的认识虽然受西方现代生命哲学的影响,但现代新儒家所言说的生命这一原初范畴的意蕴与西方现代生命哲学家尼采、柏格森、叔本华、弗洛伊德等所理解的生命的内涵却是有很大区别的。柏格森等西方现代生命哲学家将人的欲望等生命本能看作生命活动的基础,将生命活动仅仅视为对人的生命本能的一种拓展。西方现代生命哲学所谓生命,实质上完全是一种代表活生生的欲望的自然生命实体,具有强烈的感性物质特色,不赋予任何道德意义,甚至如尼采般宣称理性与道德乃是对生命之背叛,而且他们将生命与其外部呈现物质二者对立起来,容易导致人的精神空间萎缩和意义世界碎裂。"西方现代生命哲学是在与社会的尖锐对立中,把生命作为一个独立的实体来看待,并不强调生命的社会伦理意义,因此他们可以把艺术的目的仅仅归结为生命本身,而主张文学的无目的、反理性原则。"[①] 与柏格森等人的西方生命哲学观念将生命现象完全作为人的欲望和本能冲动等非理性因素的表现并不相同,现代新儒家以自身传统为本位生发出对生命内涵的新理解,更多的是从道德和价值的意义上去定位和诠释生命,强调天人合德的物质、生命、心灵的和谐一致。"中国文化的特质是新

[①] 王光东.五四新文学中的现代生命意识[J].中国比较文学,2000(3):15-31.

第二章 文学生命问题研究与生命精神的多向度探寻

儒家注目的焦点"①，其诗学与美学的核心理念就直接诞生于中国文化哲学，具有中国文化哲学的特点，也即是"中国本土文化话语"。②现代新儒家虽然同西方生命哲学一样把生命看作宇宙本体，但现代新儒家始终是站在传统儒学的立场上去理解和领悟生命的，因此在接受西方生命哲学的过程中自觉剔除了两极对立思维模式而代之以心物合一、主客相融。"人不仅是生物的存在，也不仅是动物的存在，也是神圣的体现，人有永恒、超越的一面。"③现代新儒家并不否认自然生命和文化生命的宝贵，但却并不认同人的肉体本真生命与人的文化生命的至上性，而强调生命的价值在于它的道德意义，彰显生命意义的价值领域。

不妨以方东美为例来进行说明。方东美认为，中国哲学家对宇宙秩序的说明处处是以价值为根源的，因而，从本质上来说"中国的宇宙观乃是一种以价值为中心的哲学"④。方东美的哲学美学体系虽然是柏格森为首的西方现代生命哲学、怀特海的机体主义哲学与儒家周易的生生哲学、佛家华严宗的广大和谐之思想相互交融的产物⑤，但主要是立足于《周易》的生生之德，从儒家和

---

① 侯敏. 有根的诗学:现代新儒家文化诗学研究[M]. 上海:上海人民出版社，2003:4.

② 朱栋霖. 有根的诗学:现代新儒家文化诗学研究[M]. 上海:上海人民出版社，2003:4.

③ 罗义俊. 评新儒家[M]. 上海:上海人民出版社，1989:255.

④ 方东美. 中国人的人生观[M]. 台北:幼狮文化事业公司，1980:34.

⑤ 蒋国保，余秉颐. 方东美思想研究[M]. 天津:天津人民出版社，2004:85.

道家思想的会通处以生命为基本范畴推演出来的。方东美指出，《周易》中的乾元和坤元是一种宇宙符号。"乾元是大生之德，代表一种创造的生命精神贯注宇宙之一切；坤元是广生之德，代表地面上之生命冲动，孕育支持一切生命的活动"①，二者合起来说便是"儒家之所本"，也即是一种"广大悉备的精神生命"。方东美认为，生命是宇宙的本体及万物发展的动力之源，宇宙、生命、美三位一体。"将宇宙人生视为有机整体，而以生命一以贯之，乃方东美生命本体论的基础。"②方东美所强调的生命是指普遍生命。在《科学哲学与人生》这部著作中他主张把含情契理的生命现象与物质现象一视同仁，并第一次提出了"普遍生命"这一概念。方东美指出，宇宙是普遍生命流行的境界③。中国人的宇宙是普遍生命的变化流行，是精神与物质浩然同流的世界，世间一切无不蕴藏着生命的存在与生命精神的创化，"我们立足宇宙之中，与天地广大和谐，与人人同情感应，与物物均调筦合，所以无一处不能顺此普遍生命而与之全体同流"④。方东美用《周易》乾坤两卦的象传中概括而来的"生生之德"来概括这种大化流行的普遍生命的本性。"普遍生命"具有五种重要的含义，即育种成性义，开物

---

① 蒋国保,周亚洲.生命理想与文化类型:方东美新儒学论著辑要[M].北京：中国广播电视出版社，1992：254-255.

② 张毅.从原始儒家到现代新儒家[M].天津：南开大学出版社，2004：378.

③ 蒋国保，余秉颐.方东美思想研究[M].天津：天津人民出版社，2004：102.

④ 方东美.中国人生哲学[M].台北：黎明文化事业股份有限公司，1985：37-38.

成务义,创进不息义,变化通几义,绵延不朽义。[①] 这五重含义归结起来便体现了"宇宙大化流衍中遍在万有的生生之德"[②],亦即普遍生命的性质。艺术在生命的创进过程中起着重要的精神提升的作用,因此方东美对艺术与生命的关系尤为重视,强调艺术与人的生命的一致性和生命精神对于艺术的巨大意义,通过哲学层面的究极探微,揭示出中国艺术内在的生命精神。方东美提出"一切艺术都是从体贴生命之伟大处得来的"[③],中国艺术指向并归根于一种人的个体生命与宇宙生命的相即相融。他说:"不论是哪一种中国艺术,总有一种盎然活力跳跃其中,蔚成酣畅饱满的自由精神,足以劲气充周,而运转无穷!所有这些都代表了一种欣赏赞叹,在颂扬宇宙永恒而神奇的生命精神,就是这种宇宙生意,促使一切万物含生,百化兴焉。"[④] 现代新儒家正是通过对中国文化和艺术理想中的这种普遍而又特殊的生命精神存在的发掘,引导人们对于生命价值和意义的不懈追求。

在中国文化与世界精神的双重危机下,本着对现代性的追求

[①] 刘梦溪.中国现代学术经典·方东美卷[M].石家庄:河北教育出版社,1986:107-109.

[②] 蒋国保,周亚洲.生命理想与文化类型:方东美新儒学论著辑要[M].中国广播电视出版社,1992:149-150.

[③] 蒋国保,周亚洲.生命理想与文化类型:方东美新儒学论著辑要[M].中国广播电视出版社,1992:373.

[④] 蒋国保,周亚洲.生命理想与文化类型[M].北京:中国广播电视出版社,1992:373.

与对民族文化的认同,现代新儒家在援引西方理论阐释中国美学与艺术问题时,并非盲目西化,而是有选择性地利用西方现代生命哲学作为一种视野和参照,并在现代性的语境之下对民族传统生命精神进行创造性转化,既对中国文化传统的生生之理有所回归,又为其增加了个体生命向度而有所革新,使传统生命精神的发展呈现出世界性因素。作为一个学术群体,现代新儒家虽然学术风格迥异,学术重点悬殊,但要归纳梳理出他们思想观念和理论诉求上的共同之处却也并不难。既挺立传统,又融合西方,始终注重中西文化的融会贯通是整个现代新儒家学说的突出特色。[①]作为深具现代特色的儒家思想的新发展,通过和西方现代哲学的接触,现代新儒学把柏格森、叔本华等西方生命哲学与中国传统易学之生生观念及生机、健动的生命气象一体融合,建构了以生命为本质的哲学体系,并沿着这一生命哲学的致思进路,对中国文化的生命精神予以了中西比较视角的旷观和阐扬,拓展和彰显了生命的精神与价值空间,对现代人的生存境遇和生命价值给予了深刻的反思和积极的导引。学者张毅就曾指出,现代新儒家的生命哲学,将西方现代生命哲学融进中国传统儒家文化的生生精神中,最终目的在于提升生命意义、增加生命价值。现代新儒家在生命存在的多重性当中尤其重视生命存在的精神性,不断超跨物质空间,否弃物化人生追求更高境界的生命形态,更好地实现生命价值。现代新儒家对生生不息的传统生命理论的现代阐释直

[①] 张毅.儒家文艺美学:从原始儒家到现代新儒家[M].天津:南开大学出版社,2004:387-388.

指向生命的意义世界和人的精神家园。现代新儒家以对物化生命形态的否弃、对精神生命的引导,对生命内在的多元价值的彰显,在中西视域融合中实现了中西生命思想的兼容与创新,既超越了中国传统的生命精神,又与西方现代生命哲学美学思想契合相通而提供了一种两者深层对话的可能,由此也使得其生命精神呈现出传统与现代、民族性与世界性内涵的统一。现代新儒家对生命精神价值的执着追求对当代的物质陷溺、精神迷失和意义危机不能说没有深远的启示与世界性的意义。

新时期以来文学研究者对现代新儒家文艺美学思想中的生命精神的研究,顺应了新时期特殊的社会历史文化语境中文学研究对生命精神的召唤和关注的总体倾向,符合现代新儒家文艺美学思想创构的实际,也呈现出了生命精神发展的民族内质与世界性因素的融合。同时,对现代新儒家的研究为中国文学研究解决在西学东渐和文化全球化浪潮冲击下中国传统文化的危机和现代化带来的人文价值体系的崩析、生命意义的困惑等种种社会困境与问题有着重要的借鉴和参考意义。

综合本章所述,在文学生命问题的研究过程中,"由于出发点、讨论形式和思考的层面并不相同,因此,同一个问题在学术史和一般理论史的探讨中,就完全可以产生出不同性质的理解"[1]。文学研究者在进行研究特别是在进行文本阐释或建构自己的文学、美学理论时,其理论立足点和对西方理论的吸纳往往是

---

[1] 王德胜. 中国美学百年进程及其学术史话题 [J]. 江苏社会科学,1998(6): 30-35.

各不相同。如果说潘知常等学者的生命美学思想是以回应和批判实践美学思想中的感性生命主体缺失、还原个体感性生命而在西方的逻辑理路上实现了生命精神现代意义上的建构，张毅等学者对现代新儒家文艺美学思想中的生命精神的研究则是借对现代新儒家在世界视野中倡导的道德理性主义的生命价值观的自觉彰显，以应对当代世界普遍性的物质陷溺、精神迷失和意义危机，在中国文化和世界精神双重危机的背景下开掘民族审美意识与文化的民族属性，使生命精神兼具了民族内质和世界因素。钱志熙等学者则是借助古典文学的生命问题研究着眼于中国文学自身特点，力图还原中国文学的原初状态，在中国古典文学精神传统的现代阐发中挖掘与弘扬中国文化生命精神的传统意蕴，表达了对中国传统特色的生命精神的诉求。

第三章 生命内涵的多元取向与文学研究的当代发展

在中西文学交流、文化兼容这样具有世界文学意义的背景下和新时期以来社会文化转型的复杂语境中，中西视域融合是中国文学研究无法回避的一个先在处境，对西方学术资源的引介为新时期以来的中国文学研究打开了一个新的视域。文学研究者不可避免需要面对的一个主要问题是如何做到中西视域融合。中国文学研究史上不断发生的辩证上升，可以说就是所谓的"视域融合"的"效果历史"。中西的跨文化对话和视域融合使新时期的文学研究形态呈现出由文化的交互性和生长性所带来的许多新的东西。

"视域融合"（fusion of horizons）是伽达默尔阐释学理论的一个非常重要的概念，用来阐释文本理解的方法与性质，揭示理解、意义、读者、文本之间的关系。伽达默尔认为，作为自足主体的历史文本拥有自己原初的视域，而理解者所生活其中的历史时代背景决定了理解者自身也有受限定的视域，理解的过程便是这两个视域的相互融合并最终产生一种更大的视域[1]。当然"视域融合"这一概念在得到学术文化界的广泛运用之后其含义早已不再仅仅局限于对历史文本的诠释,其所含摄的内容被引申到包括认识发展、思维延拓、文化创造等多方面。

中西哲学与美学自身皆有不同于彼此的思维方法及文化价值取向。中国传统哲学与美学中的生命精神与现代西方生命哲学与美学中的生命观念分别代表着中西两种不同的视域,借用伽达默尔的"视域融合"这一概念,从阐释学的角度来看,新时期以来文学研究中的生命精神的生成可以说是西方视域同中国传统文化视域以及时代特征所构成的视域之间发生的视域融合,是一种"效果历史"。20世纪80年代的十年间,中国学人几乎把20世纪近百年的西方文论与美学思想介绍引进到了中国,1985年的"方法论年"、1986年的"文学观念年"都与西方思想的引进密切相关。新时期以来中国文学研究中的生命视域的回归历程有西方现代生命哲学美学这样一个绕不开的"他者"存在。新时期以来中国文学研究中的生命精神内涵的生成就是西方现代生命哲学美学与中国传统生命精神的"视域融合",是一个不断丰富、发展的过程。只不过,伽达默尔的"视域融合"概念侧重探讨的主要还是同一种文化范围内的视域融合,而新时期以来我们的文学研究主要面临的是不同文化之间的视域融合问题,换句话说,乃是跨文化的文学及其思想的对话。因而使得这种视域融合更显复杂而且

---

[1] 伽达默尔.真理与方法:哲学诠释学的基本特征[M].洪汉鼎,译.上海:上海译文出版社,2004:393.

充满变数，涉及其中任何一种因素的差异都可能导致最终意义理解的偏差甚至错位。整体来看，中国本土文化传统生命精神资源是新时期文学研究引进和接受西方现代生命哲学美学最主要的一种"先见"和"前见"，或者说"前理解结构"，西方现代生命哲学的理论立场、方法价值与中国文化传统生命精神的理论、方法、价值诉求以及新时期社会主题之间有着相互切近的、相通契合的因子存在，因而西方现代生命哲学在中国广泛传播的过程中与中国传统文化内在生命精神在新时期中国社会改革和思想解放的基础上发生了中西视域融合，引导中国传统生命精神向现代跃迁。开放的中西视域融合过程中，"内化在研究主体理论观念中的特定学术建构目标和价值立场，是一种潜在地规定了主体理论意识指向的深层根据，也是决定整个理论逻辑图形的思想前提"[①]。在新时期以来中国文学研究的历史发展进程中，西方的理论、学说及方法的引介、接受和吸收，强劲地重塑了文学研究的学术存在形态，而且确立了文学研究的现代理论之路的基本思维构架。

在中西视域融合的过程中，对西方现代生命哲学美学理论的不同的理论取舍是新时期以来中国文学研究中生命理论内涵及取向存在差异和不同特色的原因所在。不同的研究者依据各自不同的价值立场与不同的理论立足点，对西方现代生命哲学美学理论表现出不同程度和不同层面的把握、汲取和应用，因而在揭示生命这一范畴时回答也必然显示出种种不同，各有所长，也各有所

---

① 王德胜.中国美学百年进程及其学术史话题[J].江苏社会科学，1998（6）：30-35.

失。这些重要的研究形态对生命内涵的不同理解和阐释,有着各自的价值和意义,其生命观念的得失,对新时期以来文学研究者有着深刻的借鉴和启示意义,影响着当代中国文学研究发展的主要趋势和方向。新时期以来文学研究中的生命精神作为中西视域融合的产物,只有将其放置于多元文化对话的大背景中理解其内涵与真实面貌才可能真正把握其学术文化意义。因此,本章试图结合伽达默尔的视域融合理论,分析在开放的中西视域融合背景下,新时期以来不同文学研究形态对生命内涵理解的不同取向及其原因所在并揭示其对中国文学研究发展的主要趋势和方向的影响。

第一节 古典文学研究传统特色的生命阐发与文学研究的当代意识

以钱志熙为代表的古典文学研究着力挖掘由作品技巧题材和作家的生平思想所表现的那种永久流动的生命精神,在个体之生命与整体之生命的关联性中来阐释生命的微言大义,对生命的阐释不仅注重文学发展中群体和个体统一的精神生命意识,强调个体意识的觉醒、生命创造精神和生命价值的实现,关注生命体验本身,注重对传统生命价值观念的挖掘与探寻,同时,注重生命的伦理价值、人格价值、生命情感,强调生命的道德价值内涵和生命的人格力度。正如有的研究者所指出,由于现实关怀的缺失,古典文学研究领域难以避免地存在着严重的价值怀疑与边缘化焦虑。[①]新时期以来的思想解放和西学东渐带来了文学研究新方法、新角度的多元变化。但一味地求新也导致中国文学特有精神的稀释与中国文化本土特色的流失,作为历史遗存的古典文学未能以自身独有的学术话语进入当代核心话语圈,也很难作为有机组成部分融入当代社会文化中心并参与当代文化建设。古典文学研究与当代社会文化建设脱节的很重要的一个原因就在于古典文学研究者缺乏文学研究应有的当代意识。而钱志熙等学者的古典文学领域的生命问题研究注重对中国古代文学传统生命价值观念的挖掘,通过对中国古典文学生命精神的生成与演进的自觉把握,试图复活中国古典文学的生命精神,弘扬中国文化传统生命精神,其对生命的理解和阐发是基于中国传统、富于民族特色的,同时又切合当代人的现实生存样态,是古典文学研究现实关怀的实现,对唤醒文学研究的当代意识有着重要的促进作用。

要重新唤起古典文学研究的当代意识,必须还原中国文学的原初状态,着眼于中国文学自身特点。随着西学东渐的浪潮滚滚而来,传统的文学研究理论、研究方法和研究话语逐渐被冷落和搁置,古典文学研究也开始运用西方的观念与范式。特别是新时期以来,新观念、新理论及所谓"方法热"纷至沓来,不仅促进了中国传统文学观念与方法的突破,而且为中国古典文学研究提供了各式各样的新的理论与方法,带来了中国古典文学研究前所未有的新气象。中国古典文学研究因此不断走向开放,走向现代,

---

[①] 张德建.古典文学研究的焦虑与现实关怀的实现途径[J].江西师范大学学报(哲学社会科学版),2007(3):82-85.

成就斐然。但与此同时，在中国古代文学批评以及文论话语转型的过程中，不少研究者缺失了对于传统思想的真正理解和承传，而迷失在以理性和概念构建中国学术的现代狂欢中，深深陷入了"非马""非西""非中"的困境。在运用西方理论话语与研究方法来阐释中国古典文学时，研究者们往往容易忽视中西方法的融会贯通与传统话语的重新构建，致使传统理论和研究方法长期处于被疏离与被消解之尴尬境地，甚至被连根拔起，传统话语在文学研究中也已经失却于无形中了。于是，"我们对自己的民族传统变得陌生起来，不单是语词概念，尤其在语词概念背后蕴藏着的义理精髓，当我们以惯用的西方文论框架加以整合时，不知不觉中便会将其丢失"[①]。西方概念和话语的泛滥使中国文学研究经历着一种深刻的"中国意识危机"。世界不断关注中国的崛起，促进了无数中国学人的文化自觉和对本土人文学术的重新反思。为了获得民族自信以改变中国在世界学术中的沉默状态，走出理论遭遇现实的窘境，众多学科随之出现了本土化、中国化等呼声和运动，激起了文学研究者一种强烈的民族反省热情和一种对中国文学研究立场、意义、命运的严肃思考。在由传统走向现代过程中的民族文化失语的身份焦虑使得诸多学人开始走向拯救之路，积极寻找国学现代性的诉求，以此建构中国当代学术，推进中华民族当代社会文化建设。直至20世纪90年代末，一些文学研究者才开始意识到中国古代文学和文论的根本精神是一种生命精神，从生

---

① 陈伯海. 从古代文论到中国文论：21世纪古文论研究的断想[J]. 浙江大学学报（人文社会科学版），2006（1）：6-8.

命精神的角度去阐释古代文学,复活中国文学的生命精神,才能避免西方权力话语对传统精神的消解,从生命精神的角度去建构当代文论,才能真正实现古代文论的创造性转换,走出文学研究的"中国意识危机"。众所周知,文学作品所具有的强大的感染力和影响力使文学艺术成为传播范围最为广泛的一种文化载体,因而从文学作品的研究入手更容易唤起人们对传统文化瑰宝的兴趣和记忆,引导人们重新接触、重新体味这些已经开始淡出人们的精神生活世界的宝贵的文化遗产之精华。对保护中国传统文化而言,古典文学的现代阐释这条途径无疑是有效而便捷的。钱志熙等人借助古典文学的生命问题研究将中华民族传统的生命智慧、审美情趣和文学理念及其在现代的新变重新整体地呈现和复活在古典文学精神传统的现代阐发中,正是20世纪90年代末学术界这一新认识的实践表征,既切合当代人的现实生存样态,又促进了文学研究当代意识的觉醒。正如钱志熙自己所说:"我所追求的,就是融通古今之学术,在现代文化与传统文明的交接处寻找古典文学研究的有力的生长点。"[1]

古典文学生命问题的研究不仅能有助于我们更加切实地对中国文学发展作出历史性理解和当代性诠释,而且也是古典文学研究现实关怀实现的重要途径。作为中国古人探索文学艺术的独特的视角和方法,生命精神使古代文学和文论具有鲜明的民族特色,充分显示了古代文学和文论的民族特征,同时中国古典文学和文

----

[1] 邢久强.耕耘在诗歌史研究的园地:记北京大学中文系钱志熙[J].前线,2004(10):55.

论中的生命精神带着浓郁的人文气质，凸显出一种超越技术层面的人文关怀，其光芒可以烛照当代人的精神世界和情感世界。然而中国文学和文论固有的这种生命精神意蕴在进入近现代以来却缺少阐发和光大。新时期以来，中国社会大转型带来人文理念的驳杂和生命精神观照的匮乏，应该如何把中国古代文学的精神传统整合于当代人的精神生活世界，融入当代人的精神生活追求，在当代社会中实现其独特的价值和意义，使中国古代文学的研究在全球化、现代化的潮流中找回自己应有的位置，创造自己独立的品格，是文学研究所反复追问与思索的问题之一。钱志熙等古典文学研究者从生命角度从事古典文学研究的意图正在于从自己的生生不息的文化传统中挖掘生命精神的传统意蕴。将存在于文学历史之中的生命精神挖掘、提炼作为过去、现在、未来的三维时空的恰切的契合点，呈献于当代社会文化建设，使古代文学及其精神传统贴近当下、与时俱进，正是古典文学研究现实关怀的实现。这也正符合中华民族寻求当代发展的文化精神与思想主题，能够重新唤起文学研究的当代意识，提醒文学研究者在当代中国文学建设前进的道路上将文学特征与民族特点、历史与当代相结合，通过提供具有丰富的当下性的意义阐释，确立一种真正的对话式的研究主体性，以不断完善当代社会文化建设。

古典文学领域的生命精神研究沉潜于传统文化内蕴，致力于对古代文艺现象的学术表达和传统文论话语的发掘整理，为沟通传统文学和现当代文学，为探寻传统文论向现代文论转换的切入点提供了良好的契机，成为当前中国文学和文化再生的一个起点。

我们的研究者只有在中西互为参照的前提下，带着中国自身的思想资源和现实问题意识而进入世界诗学对话发出自己的声音，同时返身求诸于己而重新发现自身，并还原到当代中国社会文化建设的广阔背景与大环境中，用深厚的历史感、使命感与真切的当下关怀沟通历史与未来、传统与当代，才能真正实现民族文学精神面貌的现代性意义的转换，体认中国文学在世界文学中的价值和意义。

第二节　生命美学现代意义的生命理解与文学研究的感性化趋向

美学先天就具有跨学科性质，以内涵多元丰厚的生命为逻辑起点建构美学理论的生命美学，不断产生各种跨界学术效应。美学在本质上与文艺有太多相通之处。生命美学理论的建构与发展，特别是其偏重感性存在和个体形态的具有现代意义的生命理解被注入文学研究后，冲击并改变了文学研究中的生命观念，强化了文艺理论领域的主体意识和文学创作对生命意识的观照，激发了文学研究者们的理论自觉和批评热情，促进了文学研究对生命精神的自觉把握，带来文艺理论系统内部结构的深刻转变，衍生出文学研究的感性化发展趋向，从而从文艺理论、文艺观念和创作面貌等各个层面全面推动和影响了文学研究的发展。

生命美学理论对生命的新发现，既开拓了人们的视野，也改变了人们的思维方式，为中国的文学创作者超越政治泛化架构重建属于现代人的文学艺术秩序,反思人的个体存在和生命价值提供了理论依托。而文学创作上的自觉实践和作家个体性的生命体验,又使人们获得了对于生命的越来越多的新理知。五四以前几千年的道德批判和政治符号负载压抑着人的感性个体和生命本能,使人的感性化生存空间一直被挤压并边缘化。建国之后的长达几十年的时间里,个人的意志都附着在国家和人民的意志,甚至是领袖的意志上。主流意识形态的羁绊使作家的自我意识和真实的个体生命体验的表达被遗弃于时代的洪流之中,作品文本中充斥着无限高涨的革命热情。"文革"中作家的灵魂被彻底放逐,文学更是沦为极左政治的工具。随着新时期的到来,历史语境发生巨变,中国作家开始省察自身命运,主体意识和自我意识复苏并建构起来。他们开始清楚而坚定地意识到,"人既不是阶级斗争或任何外在的工具,也不是玩物,而是生命,一种伟大的人格和独立存在"[①]。因此,20世纪80年代的作家开始大力弘扬被专制权力话语扭曲的生命的人格、权利、尊严,高扬生命正值。在此基础上,由于生命美学对作家文学创作观念的影响,20世纪90年代文学获得了一种新的生命力度。生命美学理论弃绝美学研究的形而上思辨与狭窄僵硬的抽象思维模式,从理性转向感性,从科学转向人,强调人的个体性、感性,解放了人的自然生命,凸现主体的感性存在,表现出鲜明的重人本、反理性倾向。受到生命美学这一理论指南的影响,众多作家开始从个体生命的角度来探索个体

---

① 高宏生.人的回归与生命价值的张扬:生命论文学思潮描述[J].社会科学家,2005(2):41-44.

心灵世界与情绪冲动，个体生命的渺小与失落，生命存在的偶然性感受，试图呈现个体生命的原生力量以及因主体失落而带来的荒诞感、混乱感、幻灭感和孤独感。文学创作潜入生命形态底层，表现焦虑、死亡、欲望、本能和性等更为本然的生命样态甚至是生命负值，文学作品中的生命意识的社会文化成分也逐渐被消弭。刘索拉、莫言、马原、格非、洪峰、池莉、方方、刘恒、刘震云、苏童笔下的诸多作品，莫不如此。20世纪90年代以来的中国作家开始日益关注作为个体生命的潜在的、原始的、最根本的本能和欲望，选取个体生命为叙述焦点并以各自独特的生命态度和生命意识形成了特色鲜明的生命书写体式，凸显对作为个体的生命在时代境遇中的情欲感知、生存体验、生命状态、私人化体悟的文学观照。

生命美学理论对主体性的强调，纠正了以往文学研究的理论偏颇，开拓了文学研究观念的新局面。在相当长的一个时期，由于对个体生命的压抑忽视和对社会群体规范的片面强调，我国文学领域存在主体性失落的普遍现象。在人的个体生命存在和主体创造性被压抑蔑视的时代，反映论维度的文艺观占据文学研究的主导地位，将文艺的本质等同于认识，片面地强调了作为客体的生活的重要性和文艺的认识属性而忽视了主体的存在价值和作家的想象、情感、体验等因素，带有明显的机械论和庸俗社会学倾向，以致工具化、政治化、功利化、概念化等发展成为文学艺术的常态。文学对社会生活的反映与认识、教化的功能被过分强调，文学的各种外部的政治、社会、伦理、道德等法则和因素则挤占了文学殿堂。在 20 世纪早期特殊的救国救亡历史情势和新中国成立后 30 年间受左翼文论强力影响的文坛格局中，我国文艺理论界便是更多地着眼于从文艺的功能层面对文学本质问题作出解释。当代生命美学理论突出主体地位，尊重主体价值，提倡发挥主体力量，以对主体性的强调和重视纠正了以往文学研究的理论偏颇并引导文学理论界极力拓展论域，从只注重客体转向对主体的关注，改变了传统的反映论维度的文艺观一统天下的局面，文学问题的研究视角也随之从传统的认识论转向生命论，主张把从属于认识或实践意义的生命还原为个体生存意义上的生命，在理论广度和深度上开拓了文学研究观念的新局面。当代生命美学所倡导的生命活动的现代视界，使美学成为人的生命重要的展现和证明方式，文学也不再不仅仅是一种特殊的认识和掌握世界的方式，更成为一个使个体生命得以伸展、丰富与升华的新的维度，同时也是人通过文学实现生命的超越性的重要生存方式。

随着以往的认识论文学理论建构模式受到猛烈的冲击，当代文学批评实践也因此发生了较为明显的改观。经过文学观念的大变革，批评的主体性被更进一步确认，新时期以来文学批评开始跨越政治的框限，价值取向的多元化逐渐取代单一的阶级观念，生命话语从复苏走向高扬。从生命的角度论说文学的价值，用生命美学中的某些观念和理论对作家和文本作出具体的解析，成为新时期以来文学批评理论和实践的鲜明特色之一。一方面，借助生命理论对作家和文本展开解读充分体现了文学研究思维方法和研究视角的独特性和新颖性，而另一方面对作家和文本的生命角

第三章 生命内涵的多元取向与文学研究的当代发展

度的解读在某种程度上也成为理解和诠释生命理论的钥匙或者催化剂。文学作品内部有一个由深层的生命意识所构成的广阔的深层艺术空间,因而对文学作品内部深意的体察,就必然要求对作品所表现的生命活动的研究深入。这是新时期以来社会发展和文学发展对文学研究者提出的新的任务和要求。以生命视角深入细致地研读具体的作家作品便顺应了这一社会历史文化语境。通过对不同文学文本中生命意识的复杂当代形态的细致辨析和合理阐释,可以实现对相应文学现象的全面认知与理解以及对文学内部深层逻辑演进的深入探索,为中国文学研究开辟一个更为广阔的领域。

但是,不容忽视的是,生命美学建构在西方的逻辑理路上,偏重生命的个体形态,强调个体的、非理性的生命活动。虽然其所指生命的内涵具有一定的中国色彩,并且重视中国传统美学精神所轻忽的非理性因素,具有一定的现代意义。但在生命美学的理解中,却似乎只有以"感性"和"个体"样态存在的所谓生命。潘知常曾在《走出理性主义的阴影——关于美学学科范式误区的札记》一文中明确表达过这样的观点:理性主义是当代美学面临困境最主要的原因。[1]"对于理性主义的拒绝,使得美学的重建有了令人信服的合法性。"[2] 可以说,拒绝理性主义或者说反理性是生

---

[1] 潘知常,林玮.走出理性主义的阴影:关于美学学科范式误区的札记[J].江苏社会科学,1997(4).

[2] 潘知常.生命美学论稿:在阐释中理解当代生命美学[M].郑州:郑州大学出版社,2002:91.

命美学理论发展的一个重要特点。生命美学的非理性主义价值取向的理论引导与对个体感性生命的理论还原,对文学创作和文学批评中的感官主义倾向产生了重要影响,使文学研究呈现出鲜明的感性化倾向,而走向另一种片面性。

生命美学的生命观念影响了20世纪90年代以来的文学创作趋向,诱惑作家向感性世界还原,为感官化写作的大行其道提供了审美理论支援,使其可以为自己的媚俗与粗鄙辩护。从20世纪90年代开始,当代文坛出现了一些诸如"身体写作""消费写作"等刻意渲染生理本能、过度彰显个人欲望、无限展示金钱与物质崇拜的大量的欲望化叙事现象,使本来已经不断得以强化的文学中的生命存在及其价值又不得不面临生命精神的抽象化、泛化与淡薄,尤需文学批评与理论的理性规范和价值超升,以引导读者正确接受,推动文学的深入发展。但是,生命美学观念对感性生命的过分渲染导致对商品化倾向和享乐主义需要的一味地迎合,这种矫枉过正甚至走向极端的思想倾向的泛滥,势必对当代的文学创作产生负面的甚至与初衷完全背道而驰的作用。

生命美学对个体感性生命的强调,为大众文学艺术对原始本能、动物性快感的宣泄与对暴力、怪异、非道德的迷恋提供了理论辩护,也使得文学研究对生命的观照久久徘徊在生命存在的感性层级,表现出对其社会意义的理性思考和形而上的价值追求的疏离,甚至表现出一种爬行主义的鄙相媚态。姜桂华就曾针对当代美学研究中存在的人与自然的原始混一的低层次的还原倾向予

第三章 生命内涵的多元取向与文学研究的当代发展

以过深刻批评。[①] 极左思潮和现代主义的泛滥曾经一度侵夺和贬斥生命的形上追求，但超越有限的感性生命存在抵达无限的精神空间，始终是我们难以遏止的生命追求。作为对政治泛化的突破，生命美学强调个体生命感性，肯定官能需要，无疑是有其积极意义的。随着时代的发展，中国文学已逐渐走出政治化与阶级性的歧途，却再次迷失在市场化经济中，走向了商品化和经济化，感官欲望表现极度扩张，娱乐消费愈演愈烈。但与此同时，生命美学对感性的理论上的确认与倡扬，使感官化创作成为感性生存的一种解放方式，也使得反理性甚至去理性也成为当代文学批评的一种时尚，曾为批评者所反感与不屑的感觉、本能、身体等都登堂入室成为反叛理性的英雄角色。"告别理性""转向身体""穷尽肉身意义"成为当下文学研究的普遍倾向和话语重心，文学批评理论的生命精神被淡化甚至遗忘。[②] 新的社会现实语境下的文学批评在与西方对话走向世界的过程中不应该回避文学批评应有的社会责任和价值判断，不能忽略生命存在的意义，不能缺失道德情怀和人性意味，而应该关注文学批评的终极价值，充分体现文学批评的生命精神。从生命角度出发的文学批评一方面应该对文学表现生命精神的现象进行及时的发掘和概括，同时也应该就文学生命书写的迷误作出及时的批评和指引，如此，必将对促进新时期文学的健康、繁荣发展起到无法小觑的作用。生命精神应该

[①] 姜桂华. 美学研究的还原倾向质疑 [J]. 人大复印资料（美学），2001（1）：15.

[②] 卢衍鹏. 反理性思潮与文学研究的现代性 [J]. 当代文坛，2009（4）：65-68.

成为新时期文学批评的一种基本的价值取向。只有敢于面对理想散落的感性化的物质世界，作出一种认真的生存思虑和逆向的精神选择，以克服物化奴役、追寻生命终极价值为鹄的的文学才有可能在速朽的物质面前真正获得不朽的精神价值。

文学研究者们在生命美学的指引下以生命视角对文学艺术领域进行审视与观照，其精神诉求的表达和理论话语的建构，为文学艺术的进一步发展与中国文学研究的转型奠定了具有现代意义的基础。但我们不应该忽视，生命美学对感性与个体的理论强调也带来了文学研究中的感性化倾向。针对感性化倾向的出现，当代中国文学研究应该更加重视并深入发掘当代作品对生命状态、生命感受、生命态度、生命价值展现的深度。正如童庆炳所指出的："有社会责任感的人文知识分子，对于文学艺术中一味宣扬上述种种生物性欲望的作品不满，对于一味玩味语言形式的作品不满，对于没有血性的没有爱憎的没有鲜明文化价值取向的作品不满，要求理论批评家不能不关心现实。"[1] 如何引导文学走出媚俗有理的单纯的感性娱乐层面，以生命精神观照大众文化，重建生命的社会内涵与价值，为整个社会文化发展指出健康的方向，应该成为生命论文学研究予以严肃关注的问题。

---

[1] 童庆炳.新理性精神与文化诗学 [J]. 东南学术，2002（2）: 45-47.

第三节 现代新儒家民族本位的生命诠释与文学研究的世界视野

新时期以来文学研究者通过对现代新儒家文艺美学思想中的生命精神的研究为我们揭示出在中西文化的碰撞中,现代新儒家以民族为本位,在对生命的传统之根、民族之魂的把握中借鉴西方生命理论以贯通古今、融汇中西的内在生命理念。现代新儒家以中国民族自身传统为本位生发出对生命内涵的道德和价值意义上的理解,以道德诠释生命,表现出对儒家生命观念的皈依与传统生命价值理念的落实。现代新儒家所言之生命,主要是指一种内部生命,这种内部生命建筑人的精神世界和道德生命。其中,作为生命的最高层次的道德生命凸显生命的真正价值。因而,现代新儒家的生命理解具有浓厚的道德意味。现代新儒家所彰显的这种以伦理道德化的群体共存原则超越个体生命和现实感性生命范畴的生命价值观无疑是道德理性主义的,"将人生的生命价值提升到有自觉意识的需求的境界,为人生、为社会树起了理性化的价值目标,使得中国文化和中国生命精神极具理性主义色彩"[1]。对现代新儒家民族本位的生命理念的发掘和弘扬,不仅丰富和充实了当代生命理论的内涵,促进了当代生命精神理论形态的发展,对文学研究民族主体性的建立、中国当代美学与文论话

---

[1] 王桂丽.先秦儒家美学中伦理主义的生命意识[J].邢台学院学报,2009(4):29-33.

语权建设具有重要的启示作用，而且顺应了世界生命精神文化思潮的发展，促进了文学研究世界视野的形成，同时展现出新时期以来中国文艺美学研究者积极应对现代性带来的世界精神危机的深广的世界情怀。

首先，对现代新儒家文艺美学生命观念的探索，对文学研究民族主体意识的确立、民族身份认同以及民族审美话语体系的建构具有重要的促进作用。现代新儒家本着对现代性的追求与对民族文化的认同努力开掘民族审美意识，创构生命精神。20世纪的中国文论在自觉学习西方建立"共时性空间"的过程中业已形成的基本理论格局是"西体中用"，习惯于将中国文论置于从属的、依附的地位，拒斥了本土的自我话语，因而使我们的文学研究总显得模拟有余，创构不足。现代新儒家却是"站在中国文化的立场因应20世纪中西文化的时代冲突，接受西方文化的挑战，以'平视'的目光看待西方文化，依据主体需要吸纳西学，'援西学入儒'，会通中西，重铸儒学。"[①] 民族主体意识是现代新儒家文化言说与文艺论述的基本依托。梁漱溟早在20世纪初就曾发出过"西方化对于东方化是否要连根拔掉"如此忧虑的疑问。[②] 余英时在批评西方文化中心的臆想的单一的现代化模式时指出：西方

---

① 侯敏.有根的诗学:现代新儒家文化诗学研究[M].上海:上海人民出版社，2003：5.

② 梁漱溟.东西文化及其哲学[M].北京：商务印书馆，1987：6.

学者所谓的现代化"便是接受西方的基本价值"。① 贺麟也提出："如果中华民族不能以儒家思想或民族精神为主体去儒化或华化西洋文化,则中国将失掉文化上的自主权,而陷入文化上的殖民地。"② 唐君毅也强调:"至少在我们中国人之立场,则须以中国文化为主为本。"③ 杜维明也曾经提到,虽然他是一个西方文明的受惠者,深入引进西方价值精华也是他一向的主张,但他却是希望通过对西方价值的深入引进,"使我们对儒家传统的特色有更精切的掌握。"④ 现代新儒家"自觉地肩负起民族理论思考的重任,清醒地保持着现代学者的主体意识,展开与本民族传统相交融的理论建构,对文化理论传统,不仅'照着讲',而且'接着讲'"⑤,在与西方文化精神和文学艺术的比较中自觉关注中国文化与文学自身区别于西方文化与文学的独立的特色与自足的价值,借助他者的他者(西方的他者)身份来对自身加以辨识、反观并进行自我界定,自始至终凸显出浓郁的民族主体意识。正是在这种强烈的民族主体意识的指引下,现代新儒家在对西方现代生命哲学美学的甄别、选择和接纳中,采取了民族主义态度,以西方现代生命哲

---

① 余英时. 从价值系统看中国文化的现代意义 [M]. 台北:台湾时报出版公司,1985:8-11.

② 贺麟. 文化与人生 [M]. 北京:商务印书馆,2006:6.

③ 唐君毅. 人文精神之重建 [M]. 桂林:广西师范大学出版社,2005:15.

④ 杜维明. 继承"五四",发展儒学 [J]. 读书,1989(6):114-120.

⑤ 侯敏. 民族文化土壤中孕育出的现代新儒家文艺美学 [J]. 东方丛刊,2008(3):33-44.

学为思想触媒，走向更为坚定的民族文化本位的立场，面对中国现实的问题情境，以自身为主体进行生命精神的理论创造。现代新儒家所注重的作为整体而存在的人类、社会和人的理性，呈现出感性解放和理性重建的双重趋向，使之偏离了西方生命哲学美学原有的理论内涵而非对西方现代生命哲学的理论移植，实现了中华文化的精神还乡和新质提升，具有自身特殊的民族品性。

虽然我们不可否认，中华民族的生命精神是由包含儒道佛等多种相辅相成、相互影响的成分、因素和层次的内涵极其丰富的中国文化这样一个有机复合体在漫长的历史发展进程中共同衍生和涵养的，而现代新儒家出于对传统儒学的过分重视、偏爱而忽视其他丰富的中国古代文化资源，把内涵丰广的中国文化中的生命精神简单地归结为精华和糟粕矛盾并存的儒家文化蕴含的生命精神并予以全盘肯定，而仅仅从儒家文化视角来阐释生命精神，并不符合历史辩证法，也难免有失公正。而且现代新儒家也因未能摆脱偏狭的道统观念而以道德诠释生命，流露出比较明显的泛道德主义和道德决定论倾向，这种对生命理解的浓郁的伦理道德气氛难免导致对西方现代生命哲学美学的合理内核的吸收难以真正贯彻，对生命的感性因素的压抑也终将不可避免。同时，将道德理想置于艺术理想之上，也使他们对艺术与生命的抽象思辨不免有时失之费解与空洞。这些历史的局限性我们自然无法忽视。但现代新儒家致力于建立中国文化的主体性，复兴民族文化的良苦用心却是非常难能可贵的。现代新儒家对生命精神的重铸、对民族文化的发掘激发了新时期以来文学研究者的民族主体意识和

第三章 生命内涵的多元取向与文学研究的当代发展

民族认同意识。现代新儒家对民族文化在当代历史语境中的意义再生的关注，对民族文化中的生命和道德根源的追寻，实际上涉及了民族现代文化和文论与美学的身份认同问题。现代新儒家对中国文化的生命内涵和艺术精神的积极抉发赋予了传统美学与文论思想以现代性意义，缓解了民族身份认同的焦虑与危机，为复活美学与文论的民族文化身份作出了独特的贡献。

现代新儒家对生命精神的阐扬不仅能使中国古典文论与美学增值，更重要的是能够成为中国文论与美学现代转型的扭结点并进而成为中国文论与美学现代重建的立足点。对深具民族特色的当代形态的理论建构的探求是新时期以来我国文艺学研究的总体方向。中国文论和美学的当代建设离不开民族本土传统、西方现代美学和当代审美体验等多维视野的共同融入。现代新儒家以民族性价值为导向对中国民族传统的执着支持和文艺观上的自觉意识启示着我们进一步思考如何主动在传承中更新中国的文化和文学传统，在文学艺术创作中找寻自己的精神源点，以中国传统的生命精神存在为根基和中心，在当代中国的文论、美学建设中突现中国传统文论、美学的内在特色与固有优势所在，使传统文化精华得以在当代文学艺术中延续和转化，在努力弥合古今之间的断裂的同时，积极建构既能体现民族文化特质又能切近当今人类生存状态的文论与美学理论体系。对现代新儒家文艺美学生命精神的揭示促进了当代文论与美学研究主体意识的觉醒和民族主体性的建立。高建平在《文化多样性与中国美学的建构》一文中指出，目前，中国学界对西方学说、理论的引介及其在中国文艺实践中的应用的工作仍在进行，但与此同时，"中国的材料会引起越来越多的人重视，会有越来越多的人对这些材料进行理论的整理"[1]。相信随着文学研究民族主体性的逐步建立和民族主体意识的不断强化，一定会有越来越多的当代文学研究学者重视中国传统文学和文化资源的开掘。

对现代新儒家生命精神的发掘对中国文学研究的目标确立、立场选择具有突出的方法论的启示作用，对文学研究世界视野的形成具有重要的推动作用。现代新儒家出入东西，既返本开新，又融合吸收，既是中国特殊语境下为匡救时弊所采取的一种文化自救，同时也为民族传统文化的世界化和现代化奠定了基础。现代化首先要面对世界化，而民族性和世界性紧密关联，有民族特点才有世界价值，才能立足于世界之林。正如鲁迅所说，只有民族的才是世界的。经过现代新儒家的重新阐释和激活，不少独具特色的民族传统价值理念得以重焕生机并转化为现代化和世界化精神的内在因素。谭好哲有云："全球化与本土化是当代世界发展的一体两面，是一个趋向相逆的矛盾运动过程。因此，在展望全球化景观时我们应该有一种基于民族本位立场的本土关怀。"[2]这也是文学研究应当坚持的道路。新时期以来的中国学界，西方文论话语泛滥成灾，唯西方文论马首是瞻者也大有人在，中国文

---

[1] 高建平.文化多样性与中国美学的建构[J].学术月刊，2007（5）：100-103.

[2] 谭好哲.从古典到现代：中国文艺美学的民族性问题[M].济南：齐鲁书社，2003：278.

第三章 生命内涵的多元取向与文学研究的当代发展

的发展逐渐"丧失了艺术的独立性和民族文化本体性"[1]。与那种所谓直奔国际而直接绕开或无视中国特殊语境的理论建构不同,现代新儒家对西方生命哲学、美学的援引始终是以民族自身文化传统为本位的。现代新儒家继承和发展了中华传统儒学及其孕育的生命精神,将生命精神作为理论建构的逻辑原点并以此形成广泛的理论辐射,尝试建构中国文艺美学体系独特的话语场。"生命精神不仅是中华文化的生机所在,也使民族文化得以走向世界,是实现美学研究的资源由西方话语中心到东西方平等对话转变的关键。"[2]现代新儒家对中国文艺美学民族生命精神的深层开掘既符合中国文化的民族根性与原初特质,又可以使中国文化逐步走向世界。现代新儒家生命精神的创构"不是浮游无根的仿制品,而是遍润中华文化的灵根和神髓的话语场"[3],而同时具有"民族本位的世界主义情怀"[4]。现代新儒家学者在中西比较中于民族本位的基础上对世界视野的自觉运用,对中国传统文化中生命精神的彰明,为积极创造兼具民族性和世界性的中国文学艺术提供了颇有意义的思路启发,对当代中国文学研究者从生命精神这一理论话语与理论视野来探究中国文论与美学的治学方法的形成起

---

[1] 黄波.新世纪中国文学与文论发展前景展望[J].学术界,2011(3):128-133.
[2] 刘绍瑾,孙琪.关注儒家文艺美学的生命精神[J].中国图书评论,2005(11):48-50.
[3] 侯敏.返本开新的诗学建构[J].江苏大学学报,2005(3):18-23.
[4] 李翔海.民族本位的世界主义情怀[J].上海社会科学院学术季刊,1997(3):104-111.

到了十分重要的推动作用，同时也进一步促使世界视野成为新时期以来中国文学研究的一种自觉追求。

现代新儒家是在中国文化和世界精神双重危机的背景下挖掘文化的民族属性并积极建构了体现民族生命精神的生命哲学和美学理论，对现代新儒家文艺美学中的生命精神的探究顺应了当今世界生命精神文化思潮的发展，既包蕴着新时期文学研究者对中国文化特殊境遇的深刻思考，也展现了新时期以来文学研究者面对世界性危机积极应对、勇于担当的世界情怀。现代新儒家既"思考近代以来中国文化的特殊境遇"[1]，又"旁涉人类文化在现时代发展中所遭遇到的普遍性问题"，[2]"不只是对民族文化存亡的忧患"[3]，更有对"人本身，人存在的意义、价值及其自我完善问题，以及人类文化的前途、命运的苦苦思索"[4]。正如杜维明所极力主张的，要"面对现代人存在的问题，发出有哲学意义的洞见"[5]，现代新儒家的理论建构指向的正是人类的终极价值关怀层面，旨在

---

[1] 侯敏. 有根的诗学：现代新儒家文化诗学研究 [M]. 上海：上海人民出版社，2003：29.

[2] 侯敏. 有根的诗学：现代新儒家文化诗学研究 [M]. 上海：上海人民出版社，2003：29.

[3] 侯敏. 有根的诗学：现代新儒家文化诗学研究 [M]. 上海：上海人民出版社，2003：29.

[4] 侯敏. 有根的诗学：现代新儒家文化诗学研究 [M]. 上海：上海人民出版社，2003：29.

[5] 杜维明. 现代精神与儒家传统 [M]. 生活·读书·新知三联书店，1997：3.

第三章 生命内涵的多元取向与文学研究的当代发展

"重建人的意义世界和精神家园"[①]。西方现代文化对道德因素的忽视造成了生命的严重异化和对原始生命和欲望的过度张扬。因此，1988年，诺贝尔奖的75位获得者同聚巴黎时曾对全世界发出过"如果人类要想在21世纪生存下去，就必须回首两千五百年，从东方的孔子那里寻找智慧"的倡议。现代新儒家相信，"儒家的人文价值能够帮助重建信仰和消解危机"[②]，是一副医治现代文明病症的绝佳药石。现代新儒家在现代性语境下对中国传统文化生命精神的体认和发掘，对平面的物化生命形态的否弃、对精神生命的不断超越的引导，对生命内在的多元价值的彰显，为解决现代性发展过程所造就的各种世界性的社会问题，为建立现代人类精神家园、为人类的"绵延长存"[③]与诗意栖居提供了一条可能的选择途径和有益的思想资源。现代新儒家美善相兼的生命精神的理论诉求绝不仅仅是本民族文化的现代化与自救，更期待对现代性危机的应对，致力于防范生命体验的钝化、生命灵性的消亡、生命价值的陷落带来的整个现代社会的人文精神的丧失与伦理道德的失范。[④]正如王晓华所强调的那样，传统是我们在承继它时生发出的向前的力量，回到传统意味着我们通过创造将自己投向未

---

① 杨思春.新儒学与现代人的精神家园[J].中国青年研究，1994（1）：23-24.

② 郭学治.面对西方挑战的儒家文化[J].学术论坛，2000（1）：7-10.

③ 杜维明.新儒家人文主义的生态转向：对中国和世界的启发[J].中国哲学史，2002（2）：5-20.

④ 侯敏.有根的诗学：现代新儒家文化诗学研究[M].上海：上海人民出版社，2003：34.

来①。现代新儒家维护中国传统文化中的生命精神,关注道德生命的审美建构,不仅自度而且度人,在中国乃至世界所遭逢的现实文化困境中,为人类生命的安顿提供了有益的选择。现代新儒家的理论诉求与新时期以来文学研究者承继民族传统生命资源的生命安顿之用以消解人类的现代性危机的担当和愿望是相吻合的,对现代新儒家美善相兼的生命精神的阐扬,展现出新时期以来中国文学研究者深广的世界情怀。

20世纪的中国文论和美学一直倾向于将西方文论和美学作为自己的知识性根基,而现代新儒家在生命精神的理论创构中展现出其理论形态与方法意识的独特性,较之西方凸显出民族特质,较之传统又不乏现代特色,在中西视域融合中创造出了对于生命精神的一种兼具民族内质和世界因素的具有深层意义的新的理解。对现代新儒家的研究则可以引导我们对20世纪中国文艺美学的知识形态与思维方式的反思。总而言之,对现代新儒家兼具民族本位与世界视野的生命精神理论创构的研究促进了文学研究民族主体意识和世界意识的觉醒,表达了当代文艺美学研究者浓烈的世界情怀,对中国文艺美学精神的建构与中国文学研究走向世界、与世界接轨产生了不可忽视的重大影响。

与西方异质学术话语之间的冲突、对话和交流,不断影响、深化甚或改变中国文学研究学术展开的理论方向与思想形态。虽然生命这一命题本身带有浓烈的本土文学和文论色彩,但在新时期

---

① 王晓华.西方生命美学局限研究[M].哈尔滨:黑龙江人民出版社,2005:304.

文学现代化进程中随着西方生命哲学美学思想在中国的传播和接受，这一概念也随之深深地刻上了西学的烙印。与西方现代生命哲学美学理论相遇后，当代中国学人在利用生命这一颇具现代意味的范畴对传统文学思想进行现代转化以建构中国文论和美学体系的努力中，由于理解先见或者说期待视野从而形成了开放的视域融合而产生对西方现代生命哲学美学的不同的理解、阐释与接受，对生命的理解自然而然发生了内在迁移，其中有对抗，有变异，有融合，生命在理解的开放性中西视域融合中敞开了其意义世界。在中西视域融合过程中，古典文学、生命美学和现代新儒家研究者们从各自的理论立足点出发，汲取和应用西方现代生命哲学美学理论，在其所浸润的具体的理论语境中取用生命这一概念并给予其自己应然的理解。因而这些研究形态对生命的阐释各有千秋，甚至彼此矛盾和悖立。正是由于对生命内涵理解和阐释存在的显著不同，决定了他们对于中国文学研究影响的上述不同。

第四节　新时期前后文学研究中生命思想的嬗变

当我们将目光回溯，凝聚到 20 世纪早期的文化现场，我们会发现，对生命的审美之思在 20 世纪早期就曾经形成了相对自觉的理论表述。20 世纪 50 年代后期高尔泰也以人的生命为基础思考过美学。"文化大革命"带来的十年浩劫，前所未有的严重摧残着人的生命，使得对文学与生命关系的探求也几近停滞。新时期以后文学研究的现代性品格重新得到体现，对生命的审美关注才再次成为思想界、文学界的热点。从整个20世纪文学研究的宏观背景下来看，20世纪前期关于生命问题的文学研究，对于20世纪80年代初迄今的文学研究具有非常重要的借鉴和启示作用。新时期以来的文学生命问题的研究是对"人的文学"这一中国文学现代化的核心命题的接续与深化，也是对五四至20世纪二三十年代学术研究中的生命文艺理念的传承与拓展。"生命"正是凸显五四与新时期之间在时隔60年后的一种对接和承续的关键词。但随着社会历史文化语境的更替，新时期前后文学研究中的生命思想也发生了嬗变。

一、新时期以前生命研究学术传统的回溯

20世纪早期，王国维、鲁迅、宗白华、范寿康、郭沫若等前辈学者就敏锐地捕捉到中国美学传统所深蕴的生命内核，经历了生命思想的自西向东的内在迁移过程。他们都一往情深地关注过生命与文学艺术的联系，带着对生命的悲悯体验或浩然姿态或深切忧患，并借助西方现代生命哲学美学知识，自觉地在文学研究中把审美同生命相互连通，着力从生命的角度来研究探讨文学、美学问题，为后人留下了丰硕的理论成果，贡献之大影响之深远是不容抹煞的。

王国维是20世纪中国美学的杰出代表和中国现代美学的先驱，是"中国近现代史上求索生命哲学、生命诗学的肇始者"[①]。王

---

① 杨经建.五四文学与存在主义[J].厦门大学学报（哲学社会科学版），2009（3）：70-76.

国维的生命观十分关注作为个体的生命存在。他从个体生命存在的根本出发，运用叔本华与康德的思想来评论《红楼梦》，他认为生命充满苦痛，"生命之本质何？欲而已矣"[1]，"欲望与生活、苦痛，三者一而已矣"[2]，带着一种乱世中生命自觉的沉重感。后来王国维又提出"境界"说，流溢出一种浓郁的生命意识，其中"有我之境""无我之境"等概念对生命的理解由西方开始返归中国传统文化，是一种带着情感的、诗意的生命。王国维认为，文学艺术等审美活动可以使充满苦痛的生命获得瞬间的愉悦、解脱和超越。

鲁迅同王国维一样敏锐地洞察到了生命的悲剧，并且认识到审美同个体生命的联系。但在直面生命的悲剧时，鲁迅远远不似王国维般陷于悲观绝望，相反的是以一种对个性与精神的张扬表现出一种积极的反抗。他指出生命是我们自己的，我们可以向着我们认为能够的路，大步走去[3]。他主张"掊物质而张灵明，任个性而排众数"[4]。鲁迅认为审美活动不仅是生命苦痛的解脱之道，更是对生命苦难的积极抗争。所以鲁迅十分重视个体生命的抗争精神，并将文学和审美看作张扬个性与精神的首要手段，并身体力行地提倡用文艺改变人的精神。

蔡元培主张"以美育代宗教"，这套教育方法的提出深受康德

---

[1] 王国维. 王国维文学美学论著集[M]. 太原：北岳文艺出版社，1987：2.

[2] 王国维. 王国维文学美学论著集[M]. 太原：北岳文艺出版社，1987：2.

[3] 鲁迅. 鲁迅全集第3卷[M]. 北京：人民文学出版社，1981：51.

[4] 鲁迅. 鲁迅全集第1卷[M]. 北京：人民文学出版社，1981：46.

和叔本华等思想的影响，旨在"教育救国"，其理论出发点也在于对审美与生命存在之关系的一种深切关注。因此他说，提倡美育为的是让人类能在文学、音乐、图画、雕刻里重新找寻到他们曾经遗失的情感。[①]

宗白华吸收叔本华、柏格森的生命哲学和歌德的泛神论与中国传统思想相融合，认为宇宙是无尽的生命，美就在于生命，而生命的本质在精神。艺术家用艺术表现生命，给欣赏艺术的受众以生命的印象[②]。宗白华所说的生命主要是中国话语中的生命。宗白华把个体、生命理解为一种内在的生命律动、一种内在的精神而非单纯的生理冲动或空疏的主观心灵。宗白华说："文学自体就是人类精神生命中一段的实现，用以表写世界人生全部的精神生命"[③]"从真实的精神生命中表现出来的文学，才含有真实底精神，生命底活气"[④]。"艺术是精神的生命贯注到物质界中，使无生命的表现生命，无精神的表现精神。"[⑤]艺术是丰富的生命与和谐的形式的统一。艺术境界与生命境界相通。所以宗白华一直坚持生命艺术化和艺术生命化的主张。宗白华美学思想博大精深，令人有登高望远、耳目一新之感。当然我们这里只是粗略提到而已。

范寿康同样以生命作为起点，强调审美是一种生命的认知活

[①] 蔡元培. 蔡元培美学文选 [M]. 北京：北京大学出版社，198：215.

[②] 宗白华. 宗白华全集•艺术学讲演 [M]. 合肥：安徽教育出版社，1994：560.

[③] 宗白华. 宗白华全集•艺术学讲演 [M]. 合肥：安徽教育出版社，1994：560.

[④] 宗白华. 宗白华全集•艺术学讲演 [M]. 合肥：安徽教育出版社，1994：560.

[⑤] 宗白华. 美学与意境 [M]. 北京：人民出版社，1987：55.

第三章 生命内涵的多元取向与文学研究的当代发展

动。范寿康在谈论美时曾这样认为，在欣赏音乐、绘画或雕刻等艺术时，欣赏者会因为对所欣赏的艺术对象特质的适应而感受到一种内心的生命的波动，而且这种特定的生命的波动会被移入欣赏对象当中。范寿康说："这时候对象的生命，是我们自身的生命的一片，这是我们自我的生命，人格的生命。"[①] 范寿康对生命的思考接受了柏格森生命哲学的影响。范寿康曾在《民铎》杂志发表《柏格森时空论》与《直观主义的地位》两篇文章，认为"哲学实应该直觉生命的真髓及事物的直接性"[②]，"宇宙的实相要不外乎连续，要不外乎生命"[③]。既然宇宙万物是生命连续的表现，哲学的问题也即生命的问题，这显示出范寿康对柏格森生命哲学美学思想的认同。

吕澂在论美感时也提到美感是"对于生命展开的快感。"[④]

郭沫若对文学艺术生命的见解深受柏格森影响，但赋予了情有独钟的柏格森生命哲学更多唯意志论色彩，早在1920年郭沫若便发表《生命底文学》一文，提出了"生命底文学"观。他把整个宇宙根本归结为"Energy"，强调宇宙与生命一体化并由此提倡生命力的解放。他认为，"Energy"的发散便是创造，是广义的文学。所以，文学的本质是生命，文学是生命的反映。离开了生命，文学也就不存在了。而狭义的生命的文学，是人的感情、冲动、

[①] 范寿康.美与丑[M].北京：北京大学出版社，1987：21.

[②] 范寿康.柏格森的时空论[J].民铎杂志，1921（3）：8-19.

[③] 范寿康.柏格森的时空论[J].民铎杂志，1921（3）：8-19.

[④] 吕澂.美育浅说[M].北京：北京大学出版社，1987：51.

思想、意识的纯真表现[①]。

郁达夫则提出"艺术和生活同是生的力量的表现,是我们个人内部要求的表现"[②]。郁达夫所一再强调的所谓"生的力量"就是指一种生命的冲动、生命的活力。他认为,文学艺术产生的根源就在于生命的冲动和对生命活力的表现。

20世纪前期文学研究中上述生命思想的广泛渗透,使新时期文学研究生命视野的形成具备了深厚的学术传统,成为新时期生命文学理论的种子,对新时期以来文学研究者有着深刻的借鉴和启示意义。这种学术传统在新时期以来的文学研究中或隐或现地承续和延展着。

五四之后社会斗争的主题君临一切,排斥一切,生命意识自然淡薄了,使得较长时期的文学理论普遍存在忽略个体与群体、感性与理性内在统一的总体倾向。这种与社会革命运动紧密相关而倾向于强调群体的社会作用和文学的现实功利性的文学理论倾向在当时全力追求社会解放的历史情境中当然是情有可原的,却又暗藏着某种难于摆脱的局限甚至是危机,长此以往,必将使文学研究陷于囹圄。新中国成立后的50年代后期,高尔泰也以人的生命为基础思考过美学。高尔泰的《论美》便是立足于人的生命立论,从生命的角度思考美的问题,只是当时这种对文学艺术中的生命的感悟还显得不是那么清晰和自觉。从一定意义上说,他

[①] 郭沫若.郭沫若论创作•生命底文学[M].上海:上海文艺出版社,1983:3-4.
[②] 郁达夫.郁达夫文论集•文学概论[M].北京:中国城市经济社会出版社,1988:32.

们可谓是中国文学研究中生命精神研究的早期代表。

20世纪早期和新中国成立初期的文学研究的生命观秉承了中国历史文化传统的深厚底蕴，深受中国数千年文化精神和美学精神的涵养，逐步走向对生命精神的理论关注，应该说是一种社会进步与文学发展的必然。但也令人深感遗憾的是，生命精神在中国文学研究中尽管颇为早出，但却最终晚熟，在新时期以前并未建构形成专门的理论系统，也缺少具体的文本阐释实践。此后这种从生命入手的美学研究基本路向逐渐被中国学人搁置，对美的本质的探求受制于主客相分的思维方式，感性生命的存在被忽略。直至"文革"结束，百废俱兴，新时期生命主题在特殊境遇中继承了五四方向，对生命的审美关注才再次成为思想界与文艺界的热点。20世纪90年代，伴随着商品经济快速发展，工业化和商品化高度发达，全球化、消费文化和大众文化三大浪潮在一定程度上影响并导致了多元化的文化语境中人文精神退化和大众审美钝化的弊端，文学价值和主体精神的双重迷失，构成对个体生命的新的遮蔽，文学研究也面临新的矛盾、困惑与危机，迎来了全面的创新与发展。在文学艺术面临的困境中，文学研究不断寻找突破的方法。生命美学思潮在众声喧嚣的20世纪90年代，高举生命的旗帜逐渐崭露头角，最终确立生命这一立足点。生命与文学艺术的整体关系成为20世纪末叶中国文论与美学的思考与探究的重点。中国百年文学研究在螺旋上升中不断向前发展。

百川入海，殊途同归，从以上对新时期以前中国文学生命研究的学术传统的追溯中，我们可以很清楚地看到，不论是20世早期还是新时期以来的生命思想的研究，都有一个基本的共同认识，那就是文学艺术是生命的创造与表现，对美的本质的言说无法脱离生命。新时期文学是五四文学的对接和承续，是五四文学人的回归，已经成为中国文学研究中存在的一个普遍观念。因而在文艺界新时期往往又被描述为第二个五四时期。置于20世纪文学史的宏观背景下，笔者不揣浅陋，认为生命可以作为一个关键词凸显新时期文学对五四文学的对接和承续，填充存在于五四与新时期之间的断层。生命话语的接续连接了新时期与五四文学。新时期以来文学研究中的生命论的兴盛既是生命主体对自身认识的不断深化在文学研究中的反映与投射，也是文学研究在作为人学研究的发展过程中对传统的承接、对历史的反拨与对当下的总结。当代生命问题的文学研究在新时期的复兴，可以被认为是五四生命学术研究的再生和传承。"20世纪中国人文学术发展的一致方向，便是力图把那种现实与理想、困厄与超越的矛盾及克服矛盾的强烈意愿，深深地融入形形色色的理论努力之中。"[①] 既有学术范型的影响，又有学术土壤的培育使新时期文论、美学中出现的生命观念更易于被后来学人所接受。

二、新时期前后文学研究中生命思想的嬗变

整体来说，新时期前后在对现代生命精神的体认及借助个体生命的张扬抵制本质主义对个体价值与感性生命的疏离与扼杀上

[①] 王德胜.中国美学百年进程及其学术史话题[J].江苏社会科学,1998（6）: 30-35.

有着一致的期待视野，而且都能在秉承中国数千年深厚的文化和美学精神底蕴并借助西方生命哲学美学理论的基础上自觉地在文学研究中把审美同生命相互连通来探讨文学、美学问题。中国人文学术一直致力于"通过学术方式来践行全社会的思想启蒙任务，实现传统中国社会和文化的现代性转换，为现代中国设计民族振兴、文化进步、生活幸福的理想发展模式"①，但由于特定的社会历史文化语境影响，新时期前后文学研究中的生命思想有着很大的不同与变化。

新时期以前文学研究中的生命思想更多地是以个性与人格的解放反抗传统文化的捆绑，生命是一种思想资源和知识形式。在此，我们不妨以20世纪前期为例稍作说明。20世纪前期生命问题的文学和美学研究生成于民族启蒙与救亡的历史语境中。在那个风雨飘摇的年代和生死存亡的时刻，"生命"这个语词，昭示着希望和理想。生逢新旧交替之际、面临文化衰微与国运凋敝的文学家、思想家们源于对时代重任的自觉担当，把生命理解为一种改造国民性的创造活力，确立了反叛传统的生命价值追求，以此展开了一条微茫的自救道路，在思想意识和文学观念上呈现出非理性的人本主义诉求与启蒙理性的文化建构融合。20世纪前期的文学研究所理解的生命主要指人的社会生命，更多强调生命的历史属性、社会属性以及文化属性，历史和社会文化根源决定了中国文学艺术呼唤和强调的是形而上的精神的生命，文学艺术的审

---

① 王德胜.中国美学百年进程及其学术史话题[J].江苏社会科学,1998（6）:30-35.

美视域相应地更多关注对生命个体的理性探察。20世纪前期的文学家和思想家们满怀责任与激情地对生命进行了富于形而上意义的理性思考与探索,文学作品对人的生命观照几乎都集中在人的精神层面,着力展现的主要是人的伦理生命、道德生命和精神生命,因而精神生命和道德生命在文学艺术中曾经得到了最多的表现。但与此同时,对人的生命的社会性和普遍化的过分重视与追求,使人作为个体生命的各种价值与意义或者被悬置,又或者被虚幻化、抽象化使得精神取代物质、道德战胜现实,对现实人生的思考最终被过分理想化的虚渺境界所替代。

进入新时期以后文学研究中的生命思想则更多地表现出对主流意识形态框限的叛离,重在对建立在个体生命意识觉醒基础上的人的主体性和人性内在的丰富性的确立与凸显,生命被重新还原为一种深层的艺术把握世界的审美与认知方式。文学创作者、文学研究者对生命的理解从往往只是被作为人的社会存在以及道德和社会命运的现象,逐渐转变成作为自然存在以及宇宙间的普遍性现象[①]。文学艺术对人的生命观照也从人的精神层面转向了人的自然本性,生命存在的本体论意义也随之在文学艺术中得到凸显。新时期以来文学研究中的生命思想的主导倾向是将生命理解为人的感性生命自身,是形而下的个体生命,更多强调生命的自然属性、肉身性和个体的生命感性。虽然20世纪80年代以来社会背景多元嘈杂,西方文化冲击剧烈,文学研究中对生命的

---

① 吴予敏. 论新时期小说的母题及其文化价值观念 [J]. 小说评论, 1998 (5): 3-10.

理解日趋复杂，无法一以概之，但仍可以从中大致抽绎归纳出两种同时存在却又几乎完全不同的思想倾向：一种主要强调人的生命是一种意识或精神，并主张将这种意识或精神提升为文艺的本质。例如研究者吴兴明认为，"精神需要本身就具有一种生命本体的高度"[1]，"精神之于人具有本体论上的意义：它是人体存在的一个不可或缺的组成部分"，因而我们不能忽视意识作为生命存在的本体论意义，精神是人之为人的本质之所在[2]。吴兴明指出在传统文艺理论中精神价值受尽了"委屈"，因为在传统的反映论模式之中，精神的本体论意义被消解，而仅成为对物质存在的反映[3]。据此，他进一步提出了"我们要热情地呼唤精神价值论"[4]的观点。另一种倾向则主要是从生物学的角度来理解人的生命活动，把生命几乎等同为直觉、潜意识、本能冲动等非理性因素，表现出对理性的排斥和对人的本能冲动的迷恋，人的生命几乎沦为了一种低层次的生物本能。在新时期文艺观对生命的理解中此种倾向占据着非常重要的地位。如刘晓波的《选择的批判——与李泽厚对话》所提出的，"我国传统文化的道德标准视之为'恶'（即本能）的一切，正是人的生命本身，而审美也就必然忠实于这种

---

[1] 吴兴明. 精神价值论：文艺研究的逻辑起点 [J]. 文学评论，1987（2）：22-28.
[2] 吴兴明. 精神价值论：文艺研究的逻辑起点 [J]. 文学评论，1987（2）：22-28.
[3] 吴兴明. 精神价值论：文艺研究的逻辑起点 [J]. 文学评论，1987（2）：22-28.
[4] 吴兴明. 精神价值论：文艺研究的逻辑起点 [J]. 文学评论，1987（2）：22-28.

'恶'"①,"性意识是生命意识的核心内容"②,性欲的满足使男人和女人都"真正意识和醒悟了活着的意义"③,这类观点正是此种倾向的代表。

新时期以来,中国学人们在中西文化和哲学理论资源对"生命"的理解有着各自本质的不同情境下,经过理论阐释与文化吸收,纠正西方带有当代"意识决定论"的"人类中心主义"的价值观念,承继中国将各对立因素融会贯通地合为生命活动整体的基本思路,自然而然地对"生命"的理解进行内在迁移,逐步走向理论形态的建构,利用"生命"这一富于现代意味和世界性因素的核心概念与基本范畴,对中国现有文艺美学理论话语形态进行重要补充与深化,并去努力建构行进和发展中的崭新的中国当代文艺美学。这是非常值得肯定的。但是新时期以来文学研究中生命思想的变化,也同时引起了我们的某种深思。

对个体肉身的感性生命体验的重视符合现代人性发展的基本内容,新时期以来文学研究者对生命的认识整体上可以说正在逐步深入,但在生命被抽空了社会历史内涵而演变成为单纯、抽象的生命的同时我们的文学研究又遁入了迷茫和混沌。个体感性生命的洪流使得20世纪80年代中后期以来作家们逐渐疏离外在的社会律令走向个体生命的感性世界,对生命的言说更多地深入到

---

① 刘晓波.选择的批判:与李泽厚对话 [M].上海:上海人民出版社,1988:28.
② 张德祥.历史蜕变与近年小说中的精神现象 [J].文学评论,1988(4):50-58.
③ 叶砺华.跪在现实面前的"性"文学 [J].文学自由谈,1988(5):85-88.

生命的底层和本能之中，从对社会性的重视转向对自然性的追求，炽烈的政治情怀和道德意识被个人价值和世俗生活所取代，生命的深度被消解，生命的存在方式被解构，形而下的生活具象、生存处境以及性本能、原始欲望等生命的自然属性在文学作品中被更多地描写、强化，需要引起文学研究者的警惕。文学创作中生命的萎靡正是文学缺乏内在思想支撑的表现，"只有超出了感性生命的局限，从意识和意志上反观生命时，才有真正属人的生命存在"[①]。从单纯的生物学本能和自然属性上对生命作出阐释的所谓的新的写作话语、新的生命价值维度难免遮蔽生命存在的深层价值属性，往往容易失却对生命精神本质的深刻理解、对流俗围困的坚决抵抗和对生命终极价值的积极追索，把人的生命价值实现的全部可能性拉进被夸大的感官欲望狂欢的快乐中去，不仅不可能真正揭示人的生命的本质属性，反而为人类逃避生命的伦理责任与道德义务提供了学理辩护，高扬的个体之尊与感性精神最终只会随着道德的失落而重新陷入黯然之境。

因而对个体感性生命的张扬必须有宏大性的生命超越精神作为重要参照。人类若不经由道德自律祈向找回对终极关怀精神的敬畏，又该如何摆脱现代文明所带来的种种深层危机？"文学不可捉摸的功效在于人的灵魂。它可以忽视一切，但不可忽视的是它始终坚持使人提高和上升。文学不应认同于浑浑噩噩的人生而

[①] 王建疆.超越生命美学和生命美学史[J].美学（人大复印资料），2001(5)：25.

降低乃至泯灭了自己。"[1]文学艺术对生命精神的探讨是为了达到对生命的明悟。沈从文曾指出,人类一切进步的象征正在于向抽象发展与追求的欲望或意志,恰恰是这种欲望或意志激发生命离开一个动物人生观[2]。文学艺术如果过分强调对生命本体和自然本性的观照,单单从"冲动、本能、原欲"出发,出入于"焦灼、死亡、命运、性的高峰体验"[3],单单游走于"潜意识,感觉的私人片断自传"[4],使人的社会性及其在审美活动中的作用被忽视而淹没在感官欲望的喧嚣与骚动之中,容易导致绝对的狭隘的个体生命主义和生命价值意识的虚无,使文学最终沦落为"纸上轻飘飘的语码,字面上空洞无力的回声"[5],沦落为缺乏价值指向与精神维度的感官献媚与文字游戏。对生命的观照当然不能总是只一味呈现形而上的精神内涵,将意义与肉身分割开来也自是虚妄,但当文学艺术好不容易挣脱了紧绷在身的多重框限之后却又陷入生命精神的干涸与萎缩,个体生命价值尚未从坚硬的群体理性生命价值的桎梏中脱身却又窒息在被放大的并不真实的欲望的狭窄空间里,这将是文学和个体更大的不幸。只有多加入一些"生命的人格、良知、心地、品质和当下的人文关怀,以及蛰伏于生命中未被惊醒的神性,并且提升为某种生命典范的舞蹈和沉甸甸的重

---

[1] 李秀金. 日常生活和新时期文学 [D]. 上海:华东师范大学,2005.
[2] 沈从文. 沈从文选集 [M]. 成都:四川人民出版社,1983:118-119.
[3] 陈仲义. 体验的亲历、本真和自明:生命诗学 [J]. 诗探索,1998(1):34-39.
[4] 陈仲义. 体验的亲历、本真和自明:生命诗学 [J]. 诗探索,1998(1):34-39.
[5] 陈仲义. 体验的亲历、本真和自明:生命诗学 [J]. 诗探索,1998(1):34-39.

量"[①], 这样的文学艺术才能"成为我们肉体与灵魂中的灯盏"[②]。人的生命是自然生命、精神生命和社会生命的多维统一，是感性与理性、个体与群体的多元交织。人的生命价值也由此种种所维系。生命离不开肉体与感性，作为一种特殊的存在，人的自然生命是所有价值关系建立的前提，但人的自然生命总归是有限的，生命超越自身达至更高价值目标的基本向度和根本依凭正在于人的精神和道德，所以生命也离不开精神、道德与理性，甚至可以说人的社会生命和精神生命才是生命本质发展与生命价值实现诉求的真正体现，是个体生命跃升的价值路径。

新时期以来的生命话语，上承五四时期"人的文学"可以成为反思整个文学研究现代进程的一个有效切入点。人类若要真正从精神上摆脱感性生命的异化是否一定只能选择采取非理性的反抗方式呢？我们是否可以找到一种理性与感性在更高意义与层面上的融汇，这种融汇能够兼具理性与感性的成分，在这个基础上所形成的生命内涵既能汇通中西又能融合古今，既非西化也非古化，从而建构真正的现代意义上的具有世界因素的中国当代生命审美文化？

通过对新时期以来以生命为向度的三种主要的文学研究形态中文学文本阐释和理论建构的着力点、对生命精神的不同层面与不同意义上的创构与呈现，以及在开放的中西视域融合的背景下

[①] 陈仲义.体验的亲历、本真和自明：生命诗学[J].诗探索，1998（1）：34-39.
[②] 陈仲义.体验的亲历、本真和自明：生命诗学[J].诗探索，1998（1）：34-39.

生命内涵理解的不同取向探究，我们看到了文学研究的生命论对中国文学研究发展的主要趋势和方向的影响，并梳理出了新时期前后文学研究中生命思想的嬗变。新时期以来文学研究中的生命精神的生成过程是中西两种异质文化视域融合的过程。在这种融合过程中，文学研究者们既要考虑维护中国本土文化传统生命精神的相对的独立自足性，极力避免西方外来生命理论的"规训"（discipline），又要摆脱传统生命观念之糟粕的桎梏，接受西方生命哲学的现代新理念，积极转化与融合这两种不同的生命思想。这种融合必然是艰难的，绝不可能一蹴而就的。但我们也应当完全有理由相信，在这一特定的跨文化语境中，只要我们的文学研究始终坚持自身的主体性，在思想观念和精神意识上葆有真正的自我，同时以西方视域为参照不断反观自身，未来建构一种融会中西、贯通古今的生命精神的价值预期是有极大可能的。

第四章 文学研究生命转向的审视与反思

在新时期以来的文学研究中,学者们纷纷根据自己的研究理路提出了生命问题研究的相关理论构想并进行了具体的研究实践。甚至有不少研究者将生命精神这一重要理论视野视为文学研究新的学术生长点。新时期以来文学研究的生命精神话语拓展了文学研究的视野与空间,提供了文学研究价值实现的有效方法和重要途径,既是对中国文学传统精神的发扬,又可凸显中国文学的世界性因素,参与世界文学的对话,对当今的文学研究具有重要意义。同时,从生命问题出发的文学研究范式与当下中国人的生命价值建构与实现紧密结合,达到了内在的深层次的统一,可以为日渐走远的生命价值观提供一种深刻警示,引导文学研究走出迷失与陷落。新时期以来有关生命问题的文学研究的学术价值和现实意义都不容忽视与低估,但我们也应该看到由于研究者们理论基点的认识上的分歧和西方现代生命哲学美学的冲击等因素的存在,新时期以来各种生命取向的研究形态也存在一定的问题和学理上的不足,如理论建构的西化、生命哲学基础的贫弱、"生命"

概念的模糊与泛化等，值得当今的文学研究者认真审视，以资镜鉴。我们在期待有关生命问题的文学研究成果能够日趋丰硕的同时，也应冷静反思其中出现的诸多不足与问题。本章主要针对新时期以来各种生命取向的研究形态存在的问题和学理上的不足进行审视与反思，一是针对新时期以来文学研究中存在的生命哲学基础的贫弱与理论建构的西化倾向，探讨如何在跨文化的相互融合、相互补充中，建立一种具有全面意义的生命哲学以对文学生命审美意识的整体性建构进行具有世界性的普遍意义的观照。二是针对新时期以来文学研究中的"生命"概念的泛化现象，分析其表现、原因、应对及由此带来的启示。

第一节　生命哲学基础的贫弱和理论建构的西化

"生命"是新时期以来文学研究异常凸显的话语，使新时期文学理论实现了一种现代性意义的转型。但回顾新时期以来关于生命问题的文学研究，文学研究者在借助生命视角观照文学时既没有详尽地诠释作为中国当代生命美学启蒙资源的西方各家生命哲学思想，也没有形成科学、自足、严密的生命哲学理论体系，表现出生命哲学基础的贫弱和理论建构的西化。

一、对西方生命哲学的依傍

建构文学理论和反思文学学科的正途在于"从哲理性的前提出发，研究和论证文学理论得以成立的更为本体的前提以及文学理论能够展开的更为实在的根本"[1]，这是文学研究者的一种共识。文学只有以能够必然性地把握和参悟整个世界的哲学智慧为根底和依托，才有从感性向理性提升、飞跃的能力。缺乏精神亮度的感性化文学样态对形而上思考的放逐和改写，需要可以洞穿障蔽的理性武器来整合感性化与理性思考。否则，在生活世俗化、文化大众化的合力作用下，文学恐怕只能低空滑翔而难以企及高远之境。高品质的文学应具有无穷的形而上意味，借以唤醒个体生命中所蛰伏着的超越有限而趋于永恒的追求。因此，有研究者强调，"只有首先是一个哲学家，首先在哲学层面形成独特理论体系者，其美学思想才会有更普遍深刻的学术影响力。"[2]

生命意识，生命精神，归根结底是一个哲学领域的问题。对文学的一切思考，又都必然上升到哲学的层面。关注人的生存状态和历史境遇，正是整个生命哲学的基本理论指向。"生命只是一个支点。要把生命作为庞大美学体系的基础，仅仅靠表浅零星的感悟是不行的。要真正确立生命在审美中的意义，必须重申生命的内涵，建立符合人的实际的生命哲学。"[3] 因此，要真正确立生命在文学艺术等审美活动中的意义，达到现代意义的学术理论上的严密自足，具备普遍深刻的学术影响力，必须在哲学层面找到自己的独特的理论立足点，应该创立真正的合乎实际的中国自

---

[1] 屈平.新时期文学理论研究透析 [J].山花，2012（10）：159-160.

[2] 薛富兴.生命美学的意义 [J].贵州师范大学学报（社会科学版），2002（4）：61-65.

[3] 郭永红.论美与生命 [D].郑州：郑州大学，2000：23.

己的系统科学而成熟的生命哲学理论。恰如封孝伦所说："如果我们不能把对生命的真切感悟，抽绎凝结为对生命，特别是对人的生命作出解释的生命哲学，要么支撑不起美学和艺术的理论大厦，要么兜一个圈子，又回到原来重复过千百次的老路上去。"[1] 如果只是一味强调生命在文学研究中的重要性而没有可以自圆其说的生命哲学理论作为基础和支撑，文学思想的辐射力和理论深度也将是有限的。

正如研究者所指出，哲学基础的贫弱"使我们所建立起来的文学观念往往成为各种观点的杂凑，缺乏理论所应具备的明晰性、逻辑性、和深刻性"[2]。中国当代的文论与美学思想所依傍的哲学基础，大多是从西方挪用来的，借鉴有余而转化、创造不足。西方的知识生产路径被众多的研究者当作中国从传统向现代转化的既定范型，各种形态的生命理论也不例外，基本上仍然停留在对西方生命哲学的复述和阐释的层面和阶段。正如个别学者所指出，西方理论对于20世纪中国文论与美学的发生、发展有着某种既定性，不仅仅是中国思想的一个认识对象与参照系统，"更是一种已经被确认的有效知识体系，是中国美学在自己的现代路程上所寻找到的知识性根基"[3]。

---

[1] 封孝伦. 从自由、和谐走向生命 [J]. 贵州社会科学，1995（5）：44-49.

[2] 李映冰. 关于新时期文艺学研究的若干思考 [D]. 兰州：西北师范大学，2004：25.

[3] 王德胜. "西方"的"中国化"：百年中国美学的知识背景及其变异 [J]. 文艺研究，1999（1）：30-32.

第四章 文学研究生命转向的审视与反思

以中国当代的生命美学为例,虽然潘知常自言,生命美学理论兼采中西作为学术铺垫和逻辑支撑,"生命美学的背景叠印着中国传统文化的一线血脉和西方现当代美学的艰辛努力"[①]。但作为一种理论形态不论是理论表述还是建构基点都不容置疑地表现出对西方现代生命哲学理论的借用和综合,西方哲学的知识框架表露无遗。不可否认,中国当代生命美学理论框架的建构结合了中国当代美学思潮的研究现状,但遗憾的是,生命美学并未能建立自己的严格意义上的生命哲学理论体系,并将其作为自身美学理论的完整的哲学基础。"生命美学理论用西方人本主义现代哲学理论做了它可以引经据典的依靠。"[②]"每当生命美学理论需要为自己的立场作有力辩解时,他们都诉诸于海德格尔、叔本华、尼采等哲学家的主张。"[③] 在潘知常的《从认识到直觉——在阐释中理解当代审美观念》《生命美学与超越必然的自由问题——四论生命美学与实践美学的论争》等文章著述中,似乎一直在为自己的美学理论建构寻找西方哲学思想源头,海德格尔、柏格森、弗洛伊德、尼采、叔本华、康德诸家的哲学观点的大量引用随处可见。西方现代哲学对抗本质与现象二元对立的理性模式以及范式、原则、规律这样一些僵冷的基本概念被中国当代生命美学理论直接挪用。而且,当代生命美学理论对于个体的、非理性的生命活动的强调等核心观点也明显以西方现代生命哲学为思想基础和理论

[①] 潘知常. 再谈生命美学与实践美学的论争 [J]. 学术月刊,2000(5):49-56.
[②] 肖光琴. 生命美学理论的哲学缺陷 [J]. 山东教育学院学报,2008(1):34-36.
[③] 肖光琴. 生命美学理论的哲学缺陷 [J]. 山东教育学院学报,2008(1):34-36.

依据。当代生命美学理论在借用西方这些哲学理论时未在西方哲学的演进历程中对其进行整体的历史性观照,只关注其对感性生命与个体的凸显,却忽略了其凸显过后的归属感的缺失,分裂了人类整体性的生命存在。因而生命美学所谓的生命往往更倾向于从"感性"与"个体"的层面加以阐释,而鲜少作"理性""群体"意义上的理解,并且常常脱离人的现实性和社会性,把生命的实感与审美的超越相对立,仅仅着眼于个体的生命状态,对人作出孤立的、抽象的解释。正如学者所指出,"自20世纪中叶以后,融合中西的中国现代生命美学传统在中国内地长期中断了,方东美不为大多数中国内地学者所知,宗白华的言说越来越回到中国传统文化的路向上,其结果是在20世纪末期某些中国内地学人只能在与传统失去联系的情况下提出生命美学概念。"[1] 由于其理论视野过多受西方现代生命哲学的影响,虽然当代生命美学功不可没,但它在某种程度上只是西方现代生命思想的变形,而很难称之为中国自身的生命美学,又如何能真正把握中国美学的生命精神的实质呢?"对于生命本体论美学来讲,如果感性生命的泛滥缺乏理性的必要规约,如果个体主义的审美理想缺乏和社会共融的可能性,那么,不管它为人的自由解放展示了多么美好的景观,最终都会因其鲜明的乌托邦特质而成为浪费情感和智力的无效劳动。"[2] 倘若只以西方现代生命哲学作为自身理论的逻辑支撑,

---

[1] 王晓华. 西方生命美学的局限研究 [M]. 哈尔滨: 黑龙江人民出版社, 2005: 312.

[2] 刘成纪. 从实践、生命走向生态: 新时期中国美学的理论进程 [J]. 陕西师范大学学报(哲学社会科学版), 2001(2): 18-25.

第四章 文学研究生命转向的审视与反思

机械照搬移植西方的哲学模式,却让中国哲学自身的理论资源的基本精神和特殊性被悬置,那么,中国当代生命美学又能走多远呢?当代中国生命美学的理论形态与中国传统生命美学在立论基点、思维方式、生命观等等方面所存在的差异与鸿沟都显得有些过大。当代中国生命美学究竟应该如何才能甩开西方话语阴影的桎梏,做到真正扎根于中国本土文化的深层土壤,以生命为节点实现古今美学的有效对接并达到中西融汇的理想状态,实现学术思想的艰难蜕变,不能不说仍然是一个相当严峻的课题。

新时期以来文学的生命问题研究中所呈现出的这种理论西化问题不过只是当代中国文学研究陷入边缘焦虑与价值困惑的冰山一角而已。有研究者不无尖锐地指出,中国现代化的过程乃是一个中国知识分子不遗余力地学习,甚至照搬西方现代化的过程,"'别求新声于异邦'被视为走向现代性的途径"[①]。在文化系统的极大差异中,传统继承的不足与国外引进的错位,使中国当代美学与文论既难与传统美学与文论真正接轨、又常常被视为西方美学与文论的他者,而陷入双重的无法认同的境地。而这一境遇在中国文学生命精神的研究中得到了突出的体现。

西方现代生命哲学丰富了现代生命精神的哲学内涵,深化了人类对个体生命的体悟和对感性价值的理解,为中国新时期以来生命文论的产生提供了重要的理论资源和智慧性的启迪。一直遵循"文以载道"原则的中国传统文学对个体生命意识的观照长期

[①] 方亭.未完成的主体性:新时期以来中国文学理论对主体性的思考[D]. 武汉:华中师范大学,2009:105.

处于边缘境遇。新时期以来在对西方哲学思想和美学观念的引进和接受中,文学的政治意识形态化的赤裸裸的说教愈来愈少,而对个体生命意识的观照得以发展并逐渐完成从边缘到中心的转变。但是,对西方现代生命哲学与美学理论的机械沿袭,导致文学研究中生命观念的异化,将生命直接导入低级的自然感性活动,对生命作个人纯心理、甚至纯生理理解而直接无视对生命的超越的思想意识和观念趋向时有出现。中国当代文学对个体生命意识的关注也因此逐渐大面积地演变为对动物化本能和非理性机制的自然性展示,生命的社会内涵被剥离,对生命价值与终极意义的追求空落,低俗的感官式快乐、对物的贪欲和生存的黯然,取代了生命的终极的精神指向和对崇高与神圣的景仰。文学对生命的观照也因此缺乏精神支柱和价值内质的支撑,而出现精神萎缩与价值空场。这是我们不能不正视的缺憾弊弱。

毫无疑问,西方现代生命哲学是一种非常值得我们借鉴的思想资源,但绝非我们全部的思想资源,而且西方现代生命哲学实非完善,相反却是一种很容易陷入另一种极端性和片面性的理论形态。西方现代生命哲学的言说主要是在反对理性中心主义的语境出现的,是西方文明传统和社会发展程度的产物,同时,西方现代生命哲学与美学热烈召唤生命中的非理性成分,并与弗洛伊德的泛性欲学说彼此呼应,虽然的确把握住了一些生命的本质内涵,但也使生命中的非理性因素过分高扬。因而我们借引的西方生命哲学思想也时常与中国的社会现实和文化土壤有着一定的隔膜和错位。

西方现代生命哲学关注个体生命本身，强调生命的创造性，重视个体生命价值，力求挣脱现代社会发达科技与工具理性所带来的生命的压抑与异化，但它过分强调了个体生命中无意识的、本能的感性生命冲动，执着地向展露原始本能的感性个体生命回归，结果走向了非理性主义的极端，而这种个体生命则早已带着非理性的感性直觉与颓废的情绪走进了"荒原""城堡"，不仅没有摆脱生命的异化反而沉沦于精神的萎缩中，面临失去了精神家园的"荒谬"和"地狱"。西方现代生命哲学的生命冲动的绝对化主张因沉溺于感官刺激导致了非理性甚至反理性的泛滥，最终把生命简单归入自然层面的感性活动，贬低了生命应有的价值，歪解了生命的深层内涵，而且其对生命个体的本然与原始生命的神化，极容易产生理性与群体性的漠视，非但未能更好的弘扬个体生命，反倒减弱了个体生命内涵所应有的震撼力。所以西方现代生命哲学不能解决人类审美的当下困境和生存的根本问题。如尼采就认为生命就是肉体活动本身，提出以"肉体—生命"作为衡量美和艺术的尺度和准绳，因为，在他看来，"肉体是比陈旧的灵魂更令人惊异的思想"[1]。

而在中国，文学研究的哲学基础的存在语境既没有如西方一般发达的现代科技物质文明与深厚的古典理性主义传统，也不存在理性过剩，相反理性倒显得有些不足。正如有的研究者所指出，不假分辨地将独立的理论转换成批评的方法或依据无疑是危险的，而将西方的理论直接转换成中国当代文学批评的方法与依据，用

---

[1] 尼采.权力意志[M].张念东，译.北京：商务印书馆，1996：152.

来研究中国的文学现实是尤其危险的[①]。因而我们的文学研究不能仅仅停留在对西方理论的复述和阐释的层面，必须经过一定的转化和创造，必须面对中国文学的具体实践，必须面对无法回避的现实生活问题，否则这样的文学研究只会显得浮泛无力。

二、呼唤具有全面意义的生命哲学

生命所遇到的时代性或社会性课题是哲学家生命沉思的源泉与动力，因而任何一种生命哲学理论都难免或多或少刻下时代的烙印。西方现代生命哲学的理论成果有着与其自身发展相适应的且和中国有着根本不同的特定的历史文化语境与本质内涵。由于中国文化传统的影响，中国文学也有着自身的丰富性与复杂性。所以西方的理论与中国的实践并不完全吻合。而且，中国本土性的生命哲学理论虽然并非完全空白，但若从现代社会的角度来看，这些并不深厚的传统生命哲学理论根基与当代的文学现象之间存在的隔阂也不亚于西方现代生命哲学理论与中国当代本土文学，中国本土生命哲学理论的薄弱很容易导致理论与实践的脱节，因此也同样有着相当大的局限性。如果忽视西方现代生命哲学产生和发展的社会文化背景，忽视中国文学研究自身研究对象的具体社会文化背景，而直接对西方现代生命哲学进行简单的理论横移或完全直接套用到中国的文学研究中，只会使中国的文学研究呈现出内容和思想上的双重错位。因此，中国的文学研究必须从自

[①] 曹文轩.二十世纪末中国文学现象研究[M].北京：北京大学出版社，2002：13-14.

己的文学实践出发，立足于本民族文化和哲学，建构起与自身文学实践相符合的本土化生命哲学。

我国新时期以来的文学理论和美学观念对主体性和个体生命意识的张扬与西方现代生命哲学思潮有着相似的人学意义和生命追求，二者之间的契合是它们得以融通的基础，但作为在两种异质的文化体系内发生发展的不同思想形态，在生命问题的具体内容和实践手段上中西却有着不可忽视的本然性的差异。

众所周知，中西哲学精神存在根本差异，中国哲学精神重内在超越和主体性，西方哲学精神则重外在超越和客体性。中西哲学精神的根本差异也导致中西生命精神表现形式的迥然不同。西方生命精神为向上提起和向外驰求的，而中国生命精神为向四面涵盖和向内在安顿的。[①]中国传统哲学和美学所诠释的生命意蕴与西方生命哲学美学中所理解的生命迥然不同，有其自身的独特的特点。西方哲学的生命观，更趋近于自然的、生物的生命，生命本真往往被归结为盲目的冲动和欲望，而中国传统哲学的生命观则更倾向道德价值理想润泽的生命。中国人所说的生命既是外在的、客观的物质生命，更是内在的、主观的精神生命，因而中国美学和文论中将生命理解为一个浑然圆融的整体，而非抽象思辨的生命，虽也指向感性生命而与人的感性活动直接相关，但却不是非理性因素引导下的盲目且冲动的生命，而是在真善美相互

[①] 唐君毅.中国文化之精神价值[M].桂林：广西师范大学出版社，2005：232，254-255.

贯通引导下的价值生命。而西方哲学和美学对生命的理解则有着显著的不同。从叔本华、尼采开始，众多西方现代生命哲学家皆以人的感性生命抵制与拒斥科学理性，试图让曾经在冷冰冰的逻辑推演中被遗忘的生命回归生机与活力。西方现代生命哲学与美学的生命之思正是在这一基本流脉中嬗变演进的。西方现代生命哲学与美学的生命观念有着忽略生命个体与群体的统一性，偏重个体特殊的感性生命，排斥人类群体普遍性的情感体验和与对象世界的交感融合的明显局限，带着生命的盲目性以及生物学特征，以致出现非理性意识的膨胀和精神价值的迷惘。"西方生命美学的主流形态不恰当地将目光局限于人类，未能抵达涵括人类的生命世界整体。从个体的感性生命出发并不意味着局限于自我，甚至不意味着仅仅以人为中心和目的，因为个体的感性生命活动自在地是向宇宙开放的。"[1]在这种带有当代"意识决定论"的"人类中心主义"的生命观念影响下的文学创作难免成为纯粹的自我表现。

与西方现代意义的生命美学有着截然不同的文化语境、迥异的理论针对性的中国传统生命哲学美学则是在"天人合一"背景下，渐进演变形成一种人与自然一体、群己互渗的整体生命观。它把生命当作人与世界同一的内在本质，关注生命最高层面的内涵，以生命的安宁与永恒为价值取向，力求突破和超越个体生命的有限性而达到类的生命的无限性。在《诗经》《易经》《老子》《庄

---

[1] 张雅玲.走向新整体主义美学：读《西方生命美学局限研究》[J].现代中文学刊，2005（6）：73-75.

子》等中华元典中无不渗透着一种"珍爱自然生命""关怀社会生命""升华精神生命"的生命智慧。在中国的生命文化场域中，中国人对生命的把握也因此呈现出独具一格的特点：其一是强调对生命的精神性与超越性的把握，重视对生命深层价值与意义的探寻，注重对超越现实物质生命与生命具体存在有限性的生命精神意蕴的体悟。其二是把宇宙看成是一个生生不息、大化流行的生命机体，寻求一种个体生命与宇宙万物相融、物我贯通合一的生命和谐境界。西方现代生命思想的局限恰恰可以从中国传统资源找寻借鉴并实现超越。中国传统生命哲学内蕴着丰富的生命观、价值观，是一种将宇宙人生融合为一的、注重整体把握的生命哲学。善于协调群体，少有情欲的迷狂与反理性的炽热，对群体生命精神的重视是中国生命精神的传统，是值得西方学习和借鉴的。"中国美学在现代化的过程中从西方美学那里寻找知识性根基的思路，实际上并没有回到中国美学、哲学的生命智慧当中，由此带来的西方以思辨分析为特点的美学在知识逐求中不断陷入困境，恰恰需要我们发挥中国传统美学的生命智慧来对之施救。"[①] 高度物质化的现代世界哲学智慧与艺术精神日渐衰退，而提倡美善相兼的中国传统生命哲学与美学用积极向上、创进不息的精神诠释生命本质、提升生命价值，可以避免生命精神发展成为对原始生命本能和欲望的过度张扬，使中国古老、动健的生命精神活转于

[①] 刘欣.情理圆融的生生之美：方东美生命美学及其现代意义研究[D].西安：陕西师范大学，2012.

当代中国文学研究中。因而中国传统生命哲学应该得到重视，应当成为我们构建当代中国生命视角的美学与文论的最根本的理论资源。

文学研究不应一味盲从西方现代生命哲学而应立足于本民族文化和哲学，去思考如何阐扬中国传统哲学的特质并使其文化生命能够转活于当代。只有首先通过我们自己应有的努力，在哲学理论的层面形成一套个性化而具有全面意义的生命哲学思想，才能让自己的美学与文论的建构具备更普遍、更广泛的思想辐射力。我们主张中国文学研究的哲学基础应该是一种具有全面意义的生命哲学。这种全面意义的生命哲学应是在跨文化的相互融合、相互补充中，对文学生命审美意识的整体性建构进行具有世界性、普遍意义的观照。

首先，我们所主张的具有全面意义的生命哲学，应该明确生命哲学作为人学的基本属性，同时明确超越生命概念的生物学解释。目前学术界在使用"生命"这一概念时，要么将生命概念不断泛化、模糊化乃至生命的内涵几乎被消解，要么直接将生命生物学化了，生命研究甚至成了身体研究的代名词，要么存在感性与理性、个体与群体的二元背立。具有全面意义的生命哲学应该在防止生命概念的无限泛化、超越生命概念的生物学解释和协调生命要素的矛盾对立方面做出努力。因而，我们所主张的是具有全面意义的生命哲学。一个方面，它能够对生命哲学作为人学的基本属性加以明确和保障，借此预防和抵制生命概念的泛化倾向，同时也可以使生命概念超越简单的生物学层面的意义，使人的生命在整个自然界以及无限地生成着的社会文化世界和精神世界中不断获取新的社会文化内涵和精神价值意蕴。另一方面，它既关注"生命的个体性以及生命个体的相对独立性"[1]，同时也肯定"生命和非生命以及生命个体之间的'共在'、'互动'"[2]。这种"共在"和"互动"使"生命个体既互相分化又互相整合，既互相独立又互相适应"[3]。因而，社会化和个体化、普遍类属性和特殊的个性同在。生命毫无疑问具有个体性，每一个人首先都是作为一个独一无二的生命个体存在于世界，而且每个生命个体都是独立的不可置换的整体，每个生命都弥足珍贵，也都不容忽视。但每一个个体生命又必然与他人的生命关联极其密切，社会性可以说是人的生命存在的一种特殊样态。生命也绝不仅仅只是意志、冲动或者感性本身，生命既是一种自然实体的肉身性的存在，也是一种历史性的、社会性的存在，是个体和社会历史的统一体。生命存在正是个体性和社会性的双重统一。同时，生命并非现时的、静止的、当下的存在，而是历史的、活跃的、绵延的，存活着也实践着的存在。具有全面意义的生命哲学主张生命的肉体与精神、个体性与整体性的有机和谐辩证统一，强调单一个体生命与人类

---

[1] 张曙光. 生命哲学：哲学人学的基石和核心 [J]. 长春市委党校学报，2000（3）：21-24.

[2] 张曙光. 生命哲学：哲学人学的基石和核心 [J]. 长春市委党校学报，2000（3）：21-24.

[3] 张曙光. 生命哲学：哲学人学的基石和核心 [J]. 长春市委党校学报，2000（3）：21-24.

整体生命的相互沟通和融汇。正是在这种彼此融通之中，不但人类整体的生命能够延续，个体生命自身也得以拓展。

其次，我们所主张的具有全面意义的生命哲学，既关注人的自觉自为的生命，又尊重整个生命界。这种自觉自为的生命是人的"生理肉体生命和社会文化生命的高度统一"[①]，我们既肯定生命的"偶然性、有限性和私人性"[②]，又不忽视生命的"必然性、无限性和公共性"[③]。人的生命不只是被给予的生命，更是一种自为的生命。生命的品格不仅仅是当下的与个我的，更应该是历史的与普遍的。人们若能够从此在的个我性的、当下性的生命走向普遍性的永恒的生命存在，生命的价值便昭然若揭。因而重视人的自觉自为的生命，是具有全面意义的生命哲学应有之义。与此同时，我们也敬重整个生命界。人的内在生命与外在世界是一个高度统一的整体性的存在。具有全面意义的生命哲学也意味着站在生命的高度理解生态问题，生态问题的根本解决也因此能够有一种"真正具有理论彻底性和时代性的哲学观念"[④]作为支撑。生命不仅仅只是人类的生命，在宇宙整个系统中，人和其他动植物都

[①] 张曙光.生命哲学:哲学人学的基石和核心[J].长春市委党校学报，2000（3）：21-24.

[②] 张曙光.生命哲学:哲学人学的基石和核心[J].长春市委党校学报，2000（3）：21-24.

[③] 张曙光.生命哲学:哲学人学的基石和核心[J].长春市委党校学报，2000（3）：21-24.

[④] 张曙光.生命哲学:哲学人学的基石和核心[J].长春市委党校学报，2000（3）：21-24.

是生命的存在。自然界不同物种的多样存在成就了地球的生态系统。如果把生命只看作是人的生命，难免有滑向人类中心主义的危险。因而，具有全面意义的生命哲学中的生命应是宇宙大生命，除了人的生命这一个部分以外，同时也应该包括自然界的其他生命现象与存在，以避免人类中心主义生命观的偏颇。倘若从生命的普遍联系来看待生命，生态也是生命及生命精神研究的一个很重要的话题。因此生命与生态便有了许多的相似和关联。由于处在同一条生命链上，从生命的角度出发必然会考虑到生态。生态哲学可以说是一种大生命哲学，只不过生态哲学所取的是宏观视角，探讨的是关于生命与其外部环境之间的依存关系。生态哲学对生态问题的关注与生命哲学对生命问题的关注是有着一致性的，生态问题如若回归本源其实也就是生命问题。当今人类正面临一种全球性的"问题复合体"，"生物圈""社会圈"和"技术圈"三者的严重对抗造成人类空前的内在世界的混乱状态，这一"问题复合体"的解决需要我们寻找更高层面上的生命哲学的理论支持。因而全面意义的生命哲学的建构必须避免重走西方现代生命哲学只将人作为生命的唯一主体而导致个体极端膨胀的覆辙。

如何从自然—历史—实践的多维立体视角去看待自身作为人的生命存在，展现人的生命存在的丰富性，既尊重肉身及其欲望存在的合理性又能够不断进行精神提升和价值超越，弥合肉体与精神、欲望与理性的裂隙，使之真正归属于"人"的维度，是每个生命个体都应该积极思考的问题。生命是一个灵动的、活跃的、不可分割的、身体和精神和谐统一的具有整体性的所指。生命的真实内涵正在于生命是一种"历史性与实践性、个体性与社会性、肉体性与精神性、有限性与超越性的高度统一"[①]。人的生命是精神追求价值的过程,也是创造价值自我实现的过程。它不仅仅执着于个体生命存在的独特和完满,而且注重个体生命与人类整体生命融通的价值和意义,不仅彰显人类生命的主体性品格,而且格外敬重生命与世界的整体统一,珍视人类与自然的亲和无间。生命具有难以比拟的天生的强大的理论扩张力与穿透力。我们应该把握生命的这种本质,在生命自身的发展中积极寻求创造、返本开新,弥合科学、文学与道德之间的鸿沟,匡正文学、科技与生命的背离,以对文学研究的哲学之根进行不断地自我完善,给文学学术研究提供一个开放的辩证思维系统。逐渐充实完备理论的建构,既可承续中国古代先哲贤人的生命整体观传统,又能破解西方现代的科学主义困局,为新的研究局面的开创和中国文论的现代转型提供理论与方法上的启迪。当然,要在对中国本土生命哲学理论进行深入挖掘和现代性超越的基础上建立具有全面意义的生命哲学,还有很长一段道路要走,也有待于全世界学人的持续的共同努力。

[①] 朱寿兴.美学的实践、生命与存在:中国当代美学存在形态问题研究 [D]. 成都:四川大学,2005.

第四章 文学研究生命转向的审视与反思

第二节 "生命"概念的泛化倾向

正如前文所述，新时期以来的文学研究对"生命"进行了多方法、多向度、多视域的探寻，而且理论立足点各异。日益丰富的以"生命"为主题的多种研究文献从不同理论视域对"生命"做了见仁见智的阐释与定义，不断拓展了文学生命问题的研究，为当代中国文学研究提供了新的理论增长点，对 21 世纪中国文学与美学的发展具有深刻的启迪意义。然而，出现和使用频率相当高的"生命"这一基本范畴虽然一直为文学界和美学界所关注，并成为新时期以来文学研究的一个重要的理论生长点，但却始终没有一个公认的、系统的界定。在具体的文学研究中，"生命"概念的内涵一直显得模糊不清，对"生命"这个概念的理解也莫衷一是，因此在使用该术语时对这一概念的阐述总是存在着一定程度的驳杂和混乱。对于"生命"究竟是什么，研究者们常常各打各鼓，各敲各锣，人言人殊，莫衷一是，不同的学者往往在不同意义上使用这一概念。许多研究者不仅在文学文本和作家生命思想的阐释和解读中缺少对生命概念的内涵和外延的界定，而且对作为理论建设的逻辑起点的"生命"概念也存在内涵和外延双方面的理解分歧，以致在文学研究中，"生命"概念从一个高度哲学化的概念变成一个内涵和外延被不断泛化的几乎无所不包的综合性概念。这直接影响着新时期以来学界对文学生命问题的研究。如果"生命"这一范畴过分泛化，表述始终不确定、不规范，其在文学艺术中的特殊地位恐怕也存在被消解的隐忧,将直接影响着生命论在中国新时期文学研究中的进一步发展,甚至直接危及其生存命运。我们不得不警惕"生命"概念最终演变为一个大而无用的概念。因此考察"生命"这一理论范畴在新时期以来的文学研究中的阐释及其泛化倾向并分析其表现、原因及应对就显得尤为重要。

一、"生命"概念泛化之表现

新时期以来文学研究中"生命"概念泛化的现象,首先表现为在研究中对"生命"概念缺乏严格的理论界定。对"生命"内涵缺乏严格的界定和科学的阐释,难免导致这一概念的误用和混乱,使得"生命"概念不断泛化。在文学研究界,关于"生命"概念的界定向来是各执己见、见仁见智,而且关于"生命"的定义往往是描述性的,少有严格意义上的确切的定义。虽然20世纪80年代以来的文学和美学都追求尊重个体生命这一广泛意义上的同一的生命文学与美学,而且表面上学者们人人都在畅言"生命",但事实上,在具体的研究中,由于不同的文学研究者各自所处的具体时代背景、知识语境及其与西方哲学美学理论的关系的不同,对"生命"的阐释及其价值和意义的理解也各不相同。

如在古典文学的生命主题研究中,研究者往往会将比如死亡、情爱、隐逸、思乡等等主题都纳入文学生命主题,使生命主题往往也成为一个比较宽泛的概念。因而在中国古典文学研究中除了正面抒发和咏叹生命短暂的生命意识文学作品以外,怀古题材中的深邃历史意识、饮酒题材中的旷达生活观念、山水题材中的与自然的亲和态度都因为与生命精神相关而在研究中被泛化成生命精神。虽然钱志熙努力将"何为表现生命主题"的作品做了框定，并从是否直接表现生命主题这一角度探讨了文学的生活、自然、生命这样三种境界的联系和区别，但在他的论述中自始至终并未对"生命"这一概念作出具体的严格的理论界定和理性的解释说明，使得"生命"这一概念内涵显得非常模糊。

再比如在生命美学理论的建构过程中，高尔泰对生命的确有着深刻的感悟，但高尔泰在《论美》中（1982）却把美与自由等同起来，把生命的内涵凝结为难以证明的"自由"，结果导致了"用一种抽象性取代另一个抽象性"。20世纪80年代末宋耀良在他的《艺术家生命向力》（1988）中提出了"美在于生命"的看法，宋耀良的观点虽然很有价值，但没有对生命与美的关系进行系统的理论建构，也没有在哲学理论的层面上来阐发它，只是在艺术感悟的层面上来揭示和描述，并没有形成一种成熟的理论形态，也缺乏对生命内涵的严格界定。潘知常深切领会到了生命对美和艺术的重大价值，1991年在其《生命美学》指出"美学必须以人类自身的生命活动作为自己的现代视界"，并对以往美学研究中的研究对象、研究内容、研究方法进行了一番批判与否定，以"生命"取代"实践"，但"生命"这一范畴相对"实践"包容性显得更大，而且随着人类历史的不断推进，人的生命活动囊括范围显然要比实践活动所指范围更加宽泛，所以挑战也变得更加巨大。但生命到底是什么？生命究竟如何使审美具有普遍有效性？这些问题西方后现代哲学美学虽然也曾提及过,但却并没有真正解决,中国当代的生命美学理论也没有能够给出自己的解答。对于什么是生命和生命活动,潘知常的生命美学理论中并没有给出具体的说明和界定,而只是在一种模糊的对生命的高举中推进自己的理论。因此潘知常的生命美学理论虽然几经艰辛跋涉但却还是被拖进一个无形的美丽的黑洞,最终又只能无可奈何地回到"美是自由的境界"的老路上,将生命的本质重新归结为自由。"自由"本就是个美丽而模糊的概念,人们对"自由"这个概念的理解分歧太大,用之以界定美只会比用"生命"更加难以把握。要说清楚"自由"是什么,似乎比说清楚"美"是什么还难。用一个有待说明的概念去界定另一个有待说明的概念,这在方法上就存在问题,难免使得某些论述缺乏逻辑性和信服力。如果生命美学不能对"生命"作出更好的解释,不能给出具体而现实的内容,那么这种兜来兜去的圈子对当代美学理论的发展也很难有多少实质性的贡献。所以,彭富春曾这样批判道,这种观点"相信生命活动超越了实践活动,但是,什么是生命自身,什么是超越自身,并没有给予解答"[1]。阎国忠也认为虽然潘知常的生命美学保持了其作为理论的自身逻辑的严整性与一贯性,但是却以极为抽象的生命概念去界定审美活动因而显得过于空泛[2]。"生命"本是生命美学理论建构的逻辑起点和哲学基础,但因为生命美学理论对"生命"这一概

---

[1] 彭富春."后实践美学"质疑[J].哲学动态,2000(7):19-21.

[2] 阎国忠.走出古典:中国当代美学论争述评[M].合肥:安徽教育出版社,1996:496-498.

念内涵的解释过于宽泛和抽象，不仅显得含糊不明而且极易流于虚无和空洞。所以生命美学理论的建构也很难说是完善的。

从对现代新儒家的研究中我们也发现，现代新儒家理论的代表人物方东美虽然从形而上的角度对"生命"做了自己的界定，但方东美所强调的生命是指"普遍生命"。他把"普遍生命"确定为"宇宙创进的生命"，强调其为一切生命的原动力。他认为，生命本来就是无限生命的延伸，"无限的生命来自'无限'之上，而面对着'无限'，有限的生命又得到绵延赓续"，因此，"所有生命都在大化流行中变迁发展，生生不息，运转不已"[①]。这样的界定很容易将本来玄虚、抽象、含混的宇宙生命和人类生命混同，同样使得对人类生命的阐释缺乏概念的明晰性，理解起来难免显得含混和空泛。

其他文学研究者的研究同样存在对生命概念缺乏严格的理论界定的问题。如孙文宪认为文学应表现人的生命活动、生命追求，但他却只是把生命解释为一般的人类认识自身、寻找自身、确定自身价值的活动。[②]"生命"这一概念在这些文学研究者们的阐释实践或理论体系建构中更像是某种不证自明的逻辑前提，因而缺少理性的界定和清晰的说明，使得"生命"概念本身被模糊与泛化了。

生命概念泛化的现象，同时表现为生命涵盖内容的扩张。在进行理论界定时，研究者往往将"生命"与"生存""生活"等概

[①] 方东美.中国人生哲学[M].台北：黎明文化事业公司，1982：94.

[②] 孙文宪.文学活动的精神需求试探：兼论文学本体[J].江汉论坛，1988(5)：43-47.

念相混淆或相等同。维特根斯坦曾用"家族相似性"概念来说明一种互相重叠、彼此交叉的错综复杂的相似关系。由"生"的本义衍生出来的"生命""生存""生活"三个概念之间也存在这样一种"家族相似性"。借用维特根斯坦的说法,"生命""生存""生活"三个概念可以说是家族相似概念。这些家族相似概念只有一字之差,但内涵却远非一字之差可尽述。由于概念界定的不清晰和不准确,加之这三个概念本身又彼此互涉交缠,在研究的理论和实践中研究者往往对这一个家族相似概念群缺乏话语表述的严谨性,或对它们之间的区别存而不论,甚或直接忽视其区别,所以不仅在学理上更是在逻辑上使得这一家族相似概念群经常出现混用现象,甚至出现"生命""生存""生活"的共鸣状态。

早在现代新儒家学者梁漱溟的著述中这种苗头就已经出现。梁漱溟直接以"生活"界说"生命",认为"生命"和"生活"是一个概念,"生命与生活,在我说实际上是一回事……生命与生活只是字样不同……"[①]。这种家族相似概念的交缠与混用,在新时期以来的文学研究中也常常出现,直接导致了新时期以来文学研究中生命范畴涵盖内容的不断扩张。例如在翻译西方思想家的理论和学说的时候,研究者经常将"生命"与"生活""生存"概念混同翻译。在马克思的《德意志意识形态》德文原文中所使用的"Leben"这一术语,同时兼有生命和生活双重含义,因此研究者在翻译该文本中的"Leben"一词时便极容易出现"生命""生

[①] 梁漱溟. 朝话 [M]. 北京:世界图书出版公司,2010:62-63.

存""生活"的混同翻译。在《马克思恩格斯全集》第一版第三卷中的《德意志意识形态》文本和《马克思恩格斯选集》第二版第一卷中的《德意志意识形态》文本中，作为名词的德文"Leben"便分别被译作"生活""生命"和"生存"[①]。在英文中"life"一词既指生活也指生命，翻译者也常常对这两重不同含义不予辨别，所以往往导致翻译的同一和二者的混用。这种混同翻译直接影响到对原理论和学说的理解及其在文学研究中的运用。再如，在彭富春、扬子江二位的研究中，"生命"也常常被等同于"生存"，因而"生存"和"生命"两个词语往往被随意混用。彭富春、杨子江主张对文学艺术本质的理解应从人的生存出发，认为文学艺术源于生存归于生存，把人的生存活动视为文艺的本体。彭富春、杨子江二位虽然在研究中大谈"生存"，但"生存"这一概念的内涵却并没有在其论述中得到任何清晰的理论界定，而是往往被直接等同于"生命"。在谈到文学艺术对人的生存的超越性时，他们如此说道，"文艺对生存的超越不过是基于一种对生命无限、永恒的呼唤……超越意识也就是生命意识"[②]。在涉及有关文学艺术的理性与非理性意识的争论这一问题时，他们又这样论说，文艺是生命意识的觉醒，"文艺不在于理性意识，也不在于非理性意识，而在于纯粹的生命意识"[③]。在这些说法中，"生存"和"生命"被他们

[①] 孙云龙."生活"的发现与历史唯物主义的形成:《德意志意识形态》研究 [D]. 上海：复旦大学，2009.

[②] 彭富春，杨子江. 文艺本体与人类本体 [J]. 当代文艺思潮，1987（1）：20-25.

[③] 彭富春，杨子江. 文艺本体与人类本体 [J]. 当代文艺思潮，1987（1）：20-25.

随意混用，很容易让人误以为他们所言"生存"指的就是"生命"。

不仅如此，甚至还有不少研究者直接将对生命的研究等同于人的研究。对生命的研究确是关于人的研究，但如果将对生命的研究直接等同于人的研究，对文学与生命的关系仅仅作人学意义上的理解，又未免使问题显得太过简单和宽泛。因为宗教、历史、心理、政治等等，甚至可以说人文科学中的任何一门学科都是研究人的学问。"生命"这一概念若是被无限扩大乃至似乎可以无所不包、囊括一切时，等待它的最终结果只能是意义的虚无。

尽管上述列举远远未能囊括"生命"概念的模糊与泛化现象，但已经能够说明问题的存在了。"生命"概念的阐释和运用正经历着一种前所未有的泛化。这些具体研究和论述普遍存在对"生命"概念的理论界定的模糊，甚至完全没有界定，乃至于一再出现了概念上的随意和混用现象，无疑使得文学研究中"生命"概念的定义更加扑朔迷离，并导致"生命"概念的泛化以致其内涵的可能的最终的消解。

二、"生命"概念泛化之原因

这种"生命"概念的泛化现象一方面不断扩大生命问题的文学研究所指，一方面则因对"生命"的解释过于抽象或宽泛以致没有明确的内涵或失去具体所指而终流于虚无和空洞，甚而导致"生命"及"生命精神"等相关概念的内涵和特征的消解。"生命"概念的泛化现象有着深刻而复杂的历史与现实原因，并非凭空而现。究其原因，一方面主要是由于生命自身所具有的复杂性为这一概念的界定带来了相当的难度，另一方面则与部分生命理论研究者对大量西方生命话语的毫无保留的接纳和运用有关。

生命自身的复杂性为概念界定带来了相当的难度。"生命"概念，涵摄广泛、内蕴丰富且涉及领域众多。关于"生命"的定义，乍一看似乎简单，其实非常复杂，人们所经历的漫长的历史过程使人们对生命的认识具有立体和丰富的多元内涵，要给"生命"下一个定义十分不易。

追本穷源，人的"生命"有各种各样的不同的指谓，不但具有生物学、医学层面的含义，也有哲学等社会科学层面的含义，不同学科给生命所下的定义也各不相同、众说纷纭。从一般意义上来理解，"生命"是一个与"死亡"相对应的概念。从医学上看，"生命"为一种活着的状态，具体涉及人的生命则是指人的新陈代谢及自我繁衍的过程。生理学定义中的"生命"则指起始于胎儿终结于死亡。生物学意义上的"生命"是泛指有机物和水构成的一个或多个细胞组成的半开放物质系统，是一种生物的复合现象，有生长发育、不断自我繁殖、稳定的物质和能量代谢、遗传变异、回应外界刺激等行为。因而生物学意义上的"生命"是指维系人的生命活动的自然物种生命，也是人最基础的生命存在状态，同时需要遵守生物界的基本法则和规律。《辞海》对"生命"的解释则如下："由高分子的核酸蛋白体和其他物质组成的生物体所具有的特有现象。"[1] 查看《现代汉语词典》，其中"生命"一词被解释

---

[1] 夏征农，陈至立.辞海（第六版）典藏本[M].上海：上海辞书出版社，2011.

为"生物体所具有的活动能力"[①]。对于生命科学史的研究从古代一直延续至今，因此现代汉语词源上对"生命"的解释也主要着眼于生物学意义，采用的是自然科学家们对"生命"的通常的解释，一般把"生命"的含义理解为生物的一个组成部分，强调"生命"是一种高分子核酸蛋白体与其他物质组成的生物体，是一种自然性、动物性的生命存在状态，比如人的生命、动植物的生命等。哲学意义上的"生命"则是指作为生物所具有的那种生存发展的性质、意识和能力，是人类在实践活动中抽取出来的具体和抽象事物。人的"生命"是有意识、有情感的存在，富于精神意义。因而哲学意义上的"生命"主要是指一种精神或意识。人的生命是自然性与精神性的统一，但科学相对更关注生命的自然性，对生命的研究主要在生理与物理领域，难以阐释关于生命存在的意义和价值；而哲学则更关注生命的精神性，自觉承担起研究生命存在的意义和价值的重任。但无论是自然科学或是哲学，至今依然没有一个能被人们所一致认同的生命定义。生命自身所具有的复杂性以及不同学科给予生命的不同指谓，给文学研究领域这一概念的界定增加了难度。

"生命"在中西方哲学史上也是一个十分含混的概念。因而文学研究者在借用这一概念对文学进行理性思考的时候，对这一概念的理解往往无所适从。作为一个哲学范畴的"生命"有着复杂多元的哲学内涵与内在张力。

[①] 中国社会科学院语言研究所词典编辑室. 现代汉语词典 [M]. 北京：商务印书馆，1983：1026.

"生命"纵贯整个中国哲学史与文化史，但"生命"在中国哲学史上是一个广义、含混的概念。"生命"在中国哲学里被认为是天地万物的本原而且是至高无上的，所指称意义具有广义性。经过儒家和道家哲学的反复体认和互补融合，中国生命哲学形成了极为丰富多元的特有的文化内涵。它的生命大宇宙观是将整个宇宙看成一个生生不已、创进不息的有机的整体的生命系统，活跃的内在生命弥漫于整个宇宙及自然万物，人的生命与宇宙生命互相贯通、交感合一。因而在中国传统哲学观念中，"生命"是对于天地万物一种形而上的本质上的内在规定性，一切生意盎然、欣欣向荣、蓬勃向上、生生不息的人、事、物或现象，都可以归到"生命"的范畴，这也给中国后世对"生命"范畴的理解和界定的泛化埋下了伏笔。

在中国传统的历史文化语境中，"生命"这一概念本就没有一个凝固的所指，进入20世纪中国文学研究视域之后的"生命"在整合了现代西方生命理论之后更像一个变幻莫测的魔方，其生命内涵的理解也早已不再局限于中国古代传统文化的描述而是逐渐注入了现代西方生命理论，有着更为强大的扩展性和衍生性。

不妨以现代新儒家哲学为例来说明中国哲学中"生命"概念的含混和歧义。现代新儒家学者的理论致思均表现出了鲜明的程度不一的"生命"总体取向，都很重视"生命"。这是现代新儒家学者作为一个学术群体在思想上的共同之处和重要特色。虽然生命问题是现代新儒家学者所普遍关注的问题，但现代新儒家学者群体内部对"生命"的界定和阐释却又是各有不同的。梁漱溟受到柏格森生命哲学的影响，把柏格森的生命观念与中国传统哲学中的"生生"概念糅合在一起。梁漱溟认为"生"是一个能够代表孔家所有思想的重要观念。梁漱溟曾说："这一个'生'字是最重要的观念"①。梁漱溟所强调的生命是宇宙大生命而并非个体生命。故梁漱溟认为，宇宙是一个大生命，人类生命的进化和人类社会的进化都是宇宙大生命的开展表现②。因而，"了解生命就是了解宇宙"③。梁漱溟又说："生命本性要通不要隔……吾人生命直与宇宙同体，空间时间俱无限"④，试图挖掘宇宙大生命的广泛道德性和体验性。此外，梁漱溟论证了"生命""生活""意欲"三者的同一，认为生命即是生活，生活则是没尽的意欲。因而，生命、生活、意欲就构成了宇宙本体，整个宇宙便是人的生活、意欲不断获取满足的过程。梁漱溟将作为本体概念的"生命"与"生活"等同，使"生命"这一概念的内涵打下了深深的伦理道德烙印并泛化到了人的日常生活和行为之中。熊十力认为生命是宇宙之本体，心灵是生命的最高展现。他说："吾人固有生命即是宇宙大生命，易言之即本体"⑤，"吾人生命与宇宙大生命本来不二"⑥，"心物本

---

① 梁漱溟. 东西文化及其哲学 [M]. 北京：商务印书馆，2005：126.

② 颜炳罡. 试述当代新儒家的基本特质及其精神 [J]. 文史哲，1992（3）：66-73.

③ 颜炳罡. 试述当代新儒家的基本特质及其精神 [J]. 文史哲，1992（3）：66-73.

④ 梁漱溟. 梁漱溟全集 [M]. 济南：山东人民出版社，1994：572.

⑤ 熊十力. 新唯识论（壬辰删定本）[M]. 北京：中国人民大学出版社，2006：108.

⑥ 熊十力. 新唯识论（壬辰删定本）[M]. 北京：中国人民大学出版社，2006：1.

非两体"[①]。熊十力指出，宇宙本体物质与精神同时俱存，心物合一，以心为主体。我身与万物同时俱存的本体就是吾之本心，而人之本心就是宇宙生命的最高展现。他说："实体即是吾之本心。"[②]因而，熊十力将"生命"与"本心"相等同，以"本心"诠释"生命"，同视为宇宙本体。牟宗三对生命的阐释虽然与梁漱溟、熊十力视道德为真实生命的生命观念有着内在的一致，但牟宗三却是用"仁心"来具体诠释"生命"的。牟宗三认为整个中国文化的核心就是关于"生命"的学问，中国人最初便懂得"向生命处用心"，这种对"生命"的把握是一种最深刻、最根源的智慧向度，使得中国文化最初的表现就有别于西方。而"生命学问"的丧失，则是中国浮浅游离混乱的局面的根源[③]。因此，牟宗三喜好在有关"生命"的学问中探索生命之意义与价值。牟宗三说："由真诚恻怛之仁心之感通，或良知明觉之感应，而与天地万物为一体。"[④]牟宗三由此阐明了宇宙生命的本质就在于仁心。"生命"这一概念在中国哲学史上是一个颇为含混的概念。从现代新儒家学者群体内部对"生命"的界定和阐释的各个不同，我们便可以窥一斑而见全豹。

"生命"在西方哲学中也是一个充满歧义并且十分含混的概念。比如，经常出现在黑格尔哲学中的"生命"一词就是一个有

---

① 颜炳罡.试述当代新儒家的基本特质及其精神[J].文史哲，1992（3）：66-73.
② 颜炳罡.试述当代新儒家的基本特质及其精神[J].文史哲，1992（3）：66-73.
③ 牟宗三.生命的学问[M].桂林：广西师范大学出版社，2005：30.
④ 颜炳罡.试述当代新儒家的基本特质及其精神[J].文史哲，1992（3）：66-73.

着很大歧义性的基本概念。"生命"首次出现在黑格尔哲学中,具体而言是在被誉为"黑格尔哲学的真正诞生地和秘密"的《精神现象学》这本著作当中。作为一个重要概念的"生命",在该书"自我意识"这一章节中首次被作出颇为详细的描述。但是,在《精神现象学》中首度出现的"生命"概念与黑格尔之后所谈论的"生命"概念并不是一致的,出现在黑格尔哲学中的"生命"概念并没有固定的形态。[①]也就是说,在黑格尔哲学中出现的"生命"概念的意义并不是固定不变的,相反也是歧义多变的。

再比如,在前文多次提到的西方现代生命哲学的思想家们对"生命"的理解也具有一种广义性,换句话说,西方现代生命哲学的内部对"生命"的理解也绝非铁板一块,其内在差异也是十分鲜明的。叔本华所谓的"生命"从本质上讲是一种强大的、神秘的、不可遏止的生命力或生存冲动,主张"世界是我的表象""世界是我的意志"。尼采将"存在"与"生命"概念互相重叠,认为除了"生命"没有别的存在观念。尼采所指的"生命"是"强力意志",包括那些能够直接呈现感觉且充满激情的本能之物。尼采宣扬世界充满了这种流动不息的强力意志,尼采认定的最高价值乃是对生命强力意志的感悟。西美尔则把一种他认为难以描绘的有关存在、方向和力量的感觉,也即内在性称之为生命。狄尔泰认为生命解释着自身,在意义表现中超越自身。弗洛伊德则强调无意识才是生命的真实本质。海德格尔的"生命"是指"在"。西方

[①] 许铭,肖德生. 解读《精神现象学》中的生命概念 [M]. 桂林:广西民族师范学院学报,2013(2):102-104.

现代生命哲学最具代表性的理论家柏格森的《创造进化论》里则将"生命"界定为一种冲动，也即一种逃离出物质的自由奔放的力量[1]。柏格森所定义的"生命"是潜藏在客体之下的具有本能性和无意识性的一种冲动，是绵延的，也有创造性。在柏格森看来，只要人的深层意识或对象内部存在着"绵延"就都是有生命的。柏格森认为，生命是世界的本质以及起源与进化的推动力。宇宙万物持久存在的根本原因正是一种由生命冲动所推动的内在绵延，这种生命内在的绵延状态是世界的本原，不能测定也无法外化，是一种超越物质层面的精神性的东西，更是一种对于宇宙内在属性的根本认识。生命的绵延唯有直觉才能把握[2]。柏格森说："生命像意识活动一样，是一种连绵不断的创造。"[3]"生命"在柏格森这里是形而上的理论，是世界本体，但柏格森对"生命"的理解的独特路向又显然与理性主义、逻各斯中心主义相悖逆，柏格森把生命更多归之于人的欲望和本能冲动。作为本体出现的生命本身是不可被分割、不可重复也不可被理性空间化的，但生命并非一成不变，而是一个绵延持续的动态过程，宇宙和生命的实质只有凭借直觉才能把握。这些哲学家都以"生命"作为自己的理论中心，因而通常都被大而化之地纳入"生命哲学"的旗下。但是他

---

[1] 汝信等.西方美学史[M].北京：中国社会科学出版社，2008：81.

[2] 李昕欣.试论柏格森生命美学视域下的中国古典美学思想[D].成都：四川师范大学，2012.

[3] 亨利•柏格森.创造进化论[M].王珍丽，余习广，译.长沙：湖南人民出版社，1989：22.

们各自对"生命"的理解却存在着明显差异。尼采的"权力意志"是"生命"、狄尔泰的"体验"也是"生命"、柏格森的"直觉"还是"生命"乃至达尔文的"进化论"也成了"生命"。在西方哲学家那里,"生命"的内涵同样显得如此歧义、宽泛和模糊。

事实上,在整个哲学界,"究竟何谓生命或生命的本质是什么,迄今学术界并没有一种公认的看法。"[1] 由于哲学界本身缺乏一个达成共识的可以被文学研究移植的统一的、有确切内涵的"生命"概念,导致文学研究的许多论者只好按照自己的理解一知半解地挪用、误用术语,或者用一个笼统的"生命"或"生命活动"概念将各种理论观点杂糅在一起,因而文学研究中难免会出现满天飞的各种内涵和理解的"生命"概念了。

部分生命理论研究者对大量西方生命话语的毫无保留的接纳和运用成为"生命"概念泛化的另一大原因。

随着西方现代生命哲学美学的蜂拥而至,中国学者多采用西方文化与文学观念及其理论术语作为自己的理论资源,因此在进行文学研究时,更多是模糊泛化的附会,而缺少鞭辟入里的解析,由此造成中西生命理论对话的一定程度的错位,在使"生命"概念的内涵得到不断丰富与拓展的同时也造成对于"生命"内涵的不同理解和泛化。正如鲁迅所说:"中国文艺界可怕的现象,是在尽先输入名词,而并不绍介这名词的涵义。"[2] 在西方观念里,生

---

[1] 郦全民.生命概念的哲学辨析[J].华东师范大学(哲学社会科学版),2008(6):63-67.

[2] 鲁迅.鲁迅全集[M].北京:人民文学出版社,1981:87.

第四章 文学研究生命转向的审视与反思

命总是依附在身体之上,例如德文"身体"(Leib)就源自"Leben"这个词,因而"生命"这个词往往是带着很强烈的生物学意义的。如在费尔巴哈与车尔尼雪夫斯基那里的"Leben"("生命")这个词主要就是指感性的生命,是生物学意义的生命。英文中的"life"同时兼有生活和生命两个意义,但人们往往把带有社会意义的指认为生活,而把只有生理学意义的指认为生命。不难看出,西方视域和背景里的"生命"往往更多指生物学意义的生命。受到西方生命观念的影响,20世纪中国文学研究视域中的"生命"也带上了浓重的西方色彩。

如在20世纪中国文学研究中,一些研究者所倡导的"生命"就主要是指生物学意义的生命,往往把"生命"界定为生物学意义的生命和生命力的统合体。这种观念正是中国学人受迅猛来临的西方生命话语的影响后的一种生命思考,代表性的如五四时期的张竞生对于生命内涵的解释。张竞生用能力(energy)一词来定义"生命"。他认为"生命"本身是一种"力"或"能力"。这种"力",由代表自然生命中的原始能力的"储力"和社会环境中客观力量的体现的"现力"构成[1]。"能力"经"物力"同化而积蓄为"储力",并扩张为"现力"。20世纪80年代初,弗洛伊德学说被引进中国并广泛传播后进一步加强了中国文学界的这种生命观念,直至20世纪90年代以来一些学者仍然坚持以自然生命或生物学意义的生命为研究出发点,意图通过对生命原欲的透视,引

---

[1] 赵凌河.生命意识:新文学现代主义理论话语[J].文艺理论研究,2006(6):36-42.

导人们走向个体生命意识的自觉,但对人的自然生命力的追求,难免有某种程度的异端性和偏激性,结果这种生命观念导致直接无视生命的社会本性或将人的自然生命与社会本性对立。如刘晓波在1986年发表的一篇评论知识分子题材小说的文章中指出,从封建主义的古代社会至今,中国文学和中国知识分子一直未能正视人的本体世界也就是潜意识的冲突,作家体验到的东西"大多是受到社会理性道德规范束缚的东西",表达出的观念是"社会层次、理性层次、道德层次"[1]的东西,而没有达到生命意识的层次。所以,他提出,"在与传统文化的对话中,我们必须极致强调感性、非理性、本能、肉这些要素"[2]。他甚至断言,"若非如此,文学就无法得到真正的发展"[3]"对艺术来说,真、善、美是有点可悲的"[4]。此外,刘晓波认为新时期文学在反理性方面缺乏彻底性,在其论文中还对新时期文学进行了猛烈的抨击。正是基于此,刘晓波提出了自己的文学观:"我的文学观就是没有什么理性可言,任何理性的介入都必然在某种程度上损害文学的审美的纯洁性"[5],因为,它们是"没法调和的"[6]。在其后的文章中,刘晓波仍在反复重申文学的非理性精神,如他在《南北青年文学评论家对

---

[1] 王元骧.中国文学理论研究的世纪回眸[J].文学评论,1998(5):89-100.
[2] 王元骧.中国文学理论研究的世纪回眸[J].文学评论,1998(5):89-100.
[3] 刘晓波.危机!新时期文学面临危机[N].深圳青年报,1986-10-03.
[4] 刘晓波.危机!新时期文学面临危机[N].深圳青年报,1986-10-03.
[5] 刘晓波.危机!新时期文学面临危机[N].深圳青年报,1986-10-03.
[6] 刘晓波.危机!新时期文学面临危机[N].深圳青年报,1986-10-03.

话》中就提出，要大谈"本能"、谈"非理性"，而不能谈"社会"、不能谈"理性"，应该强调"本能、肉、性"，而且"没有调和的余地"[①]。刘晓波的这种极端非理性主义的文艺观吸引了一批追随者，他们都将本能、性、肉等当作分析生命现象、文艺现象的出发点。

再比如20世纪90年代以来兴盛的当代生命美学理论研究也流露出这一生命倾向。当代生命美学理论建构在西方冲破工具理性对感性的绝对压制的逻辑理路上，深受西方现代生命话语的影响，虽然的确是把握住了一些生命的本质内涵，但也使生命中的非理性因素过分高扬。对非理性生命因素的过分高扬使当代众多创作潮流所宣扬的生命仅仅等同于向下发泄、释放肉体欲望的纯动物性存在，消解了生命的深沉内涵。人的生命既有自然生命的表现，又具备精神生命的特征，还拥有社会生命的高蹈。正如王元骧所指出，生命是与人所生存的社会和历史密不可分的，自我和环境相互作用，人的生命生存于这一相互作用的过程中并进行自我选择和自我调节，生命是在与社会和历史的联系中才获得其意义和价值，生命并非某种抽象的、形而上的实体，而是社会历史发展的生成物。因此，不能将生命的个体性与社会性割裂开来，而应该将生命的个体性看作社会历史发展的生成物。他强调："对于个人来说，生存的意义比生存本身还重要。"[②] 因此当代生命美学理论建构中对单纯个体感性生命的过分昭示与张扬终免不了为人所诟病，它所倡导的非理性很容易导向反理性、反社会的极端。

----

① 张硕果.从感性的泛滥到理性的回归[D].上海：上海师范大学，2003.

② 王元骧.评我国新时期的"文艺本体论"研究[J].文学评论，2003(5):7-19.

当代文坛勃兴的"私人化"创作实践也正是受到这种生物性、西方化生命观念的影响。

这种对西方生命话语的毫无保留的接纳和运用导致了生命概念理解的泛化，也使得当今学人在对"生命精神"或"生命意识"进行阐释时难免误将此二者降格为一种低层次的非理性的生命本能，甚至将它们简单粗暴地等同于性意识，"生命精神"原有的精神超越的维度也因此丧失殆尽，留下了极深的隐患。

三、"生命"概念泛化之后果

"生命"概念的泛化造成对生命理解的矛盾和悖立，导致生命整体性研究的缺失与理论研究的混乱。

综观新时期以来各种形态、各个层面、不同领域的文学研究，中国学人在文学艺术和人的生命的关系问题上已经达成了一些基本的共识：第一，以人的生命为文本阐释和理论建构的逻辑起点，将文学艺术视为人的生命的一种重要的超越形式和价值实现；第二，关注现代人的种种精神困境和生存危机；第三，重视个体的感性生命的意义和价值；第四，试图突破二元对立的形而上学思维模式，回归人与世界的统一。这些基本共识的达成也反映了新时期以来以生命为向度的文学研究的逐步深入和推进。但是新时期以来众多从不同的理论立足点出发的文学研究样态对"生命"理解的矛盾和悖立也反映出生命的整体性研究的缺失。在新时期以来主要的文学研究视野和形态中，均未达到对于生命的整体性研究，往往都只强调生命的某一方面的属性和特征，有的研究重点在于道德、理性、价值，有的重点则在于个体、感性、自由……研究者对于"生命"及其相关概念内涵的理解不尽一致，往往将生命的个体性与群体性、自然性与社会性、感性与理性割裂，将生命理解成了一种片面性的存在。

因此，当我们将这些研究形态作为新时期以来文学研究的一个整体来进行考察的时候，就会发现它们彼此之间往往充满着悖立和矛盾，而无法真正达到对生命整体的认识上的统一和融合。例如，生命美学立足于人的感性本能，肯定个体的感性本质，更多从肉体、欲望、生理等自然属性对生命的本质作出解释，把生命视为一种纯自然主义的存在，一个与动物无二的受动体，致使其将人的生命与动物的生命混同起来，看不到生命的丰富的本质内涵、普遍的社会联系和积极能动的主体性。而现代新儒家将道德提升至生命的本质的高度，他们所理解的生命实际上成了一种脱离了人的现实存在的"抽象精神"，和人的现实生存并不一致，而在对现代新儒家的研究中对其道德理性主义生命观的强调，则容易使得作为生命个体的丰富的感性存在被忽视。这些研究视野和形态都未能从整体上对生命作出科学的理解和分析，难免出现各执一端、独断偏狭的弊病，反而容易使真正的生命被消融其中，造成理论的空洞和生命精神的失落。

"生命"概念的泛化现象在一定程度上造成了理论研究的混乱，同时也导致当代中国文学批评实践的迷茫。

不妨以文学研究者对"私人化"写作等当代文学现象与创作潮流的评说为例来进一步说明。面对风行当代、炙手可热的"私人化"写作等文学现象,当代文学批评者有褒有贬、态度迥异,既不乏极力肯定、热烈称颂,为之推波助澜者;也不缺严厉批评、愤而指责,对其大泼凉水者,往往各执一端,实难同一,更少见有一个较为全面、客观的审视和反思。不少批评者,往往将这类写作看作是人的生命意识觉醒的表现或者人对自身自然生命属性的发现抑或生命本体意识的呈现而给予极高的赞誉,并由此认为这些文学作品对人的审视和生命各个方面的把握比过往更加本质化,更具深刻性,也显得更加完整和更加真实,甚至使中国当代文学接近了当代世界文学水平。而另一些批评者则认为这些作品局限于狭窄的内心体验,追求消极生命情调,迷恋于私语梦呓式的话语操作,呈现出一种耻于有所作为的生命状态和消极的生命本能体验,流露出一种对积极的人生态度和人格力量的怀疑与否定,错误地将人的性意识、生理欲望、颓废情绪、幻灭感,虚无感都"当作种种生命意识加以宣扬",不仅没有任何社会价值与审美价值,而且是"完全有害"的。

虽说文学批评不能一概而论,经院式的理论教条和刻板烦琐的研究模式更不可取,但面对同一文学现象,文学批评者竟然如此评价不一,态度各异,也是引人深思的。细细追究,文学批评者之所以出现截然相反的评论很大程度上恰恰是由于批评理论层面对生命本质内涵的理解的模糊与泛化所导致。我们在有关生命问题的文学批评中所用到的"生命"这一核心范畴一直缺乏学理上的界定和严格的科学意义,使得我们在文学批评实践中没有明确的生命价值理论指导和相对确定的评价标准引领。因而在具体的文学批评实践中批评者往往要么无所适从，要么自说自话，甚至背道而驰。

四、"生命"概念泛化之应对与启示

文学研究中的"生命"概念有着特定的域指和特定的价值吁求，应当有属于自己的质的规定性。面对"生命"概念的泛化倾向，我们应认真思考这一现象给我们带来的深刻启示，并予以积极应对，以充分发挥"生命"这一概念在中国当前文学研究与社会文化建设中应有的理论价值与现实效用。

首先，要走出当前以过分模糊的话语来界定生命概念甚或对其完全不予界定的误区。有着极为广泛的内涵的"生命"概念应该作为一个表意明确的范畴进入中国当代文艺学和美学体系，使以这一概念作为逻辑起点和理论前提的文学和美学研究有一个更明晰、更坚实的理论原点，力求达到现代理论形态的严密和自足。

进入新时期以来的文学研究视域并成为研究焦点的"生命"这一范畴本身虚虚实实，着实令人难以把握，语言也许无法概括其全部本质内涵。这种难以界定的现象也说明这一范畴的内在张力与理论容量之大，也许恰恰是其研究价值之所在。同时，虽然对生命概念的阐释具有一定的时代性与有限性，但并不意味着这个概念内涵的生成是封闭的、静止的。与文论和美学中的其他范畴一样，生命范畴的内涵是不断生成的，而且会随时代的变化和人们对世界、对自我的认识的发展而有所不同。"生命"概念的泛化现象的广泛而普遍的存在，显示了文学研究者试图突破生命阐

释的一元模式,从多种视野、多种方法和多种层面对"生命"内涵进行多维阐释的一种努力。正如王晓华所指出的,被阐释的对象在阐释的多元化和多样性中得到了丰富与发展,任何一种阐释都因此有其存在的价值[①]。

文学生命论的转向、拓展、泛化与时代的演进、文学的发展密切相关,是中国文学研究勇于进取、不断探索的创新精神的充分展现。但作为文学研究的一种视野和角度,我们所说的"生命"虽然是以自然的(或生理学、生物学的)和文化的(或社会学、人类学的)广义上的生命活动为出发点和存在范围,但不应该泛泛地囊括一切,而应该对其进行基本的定性和定位,力图达到一种哲学的超越性的审美领悟和艺术概括效果。虽然泛化后的生命概念在一定程度上或某种范围内有其合理性与正确性,但部分研究者往往是站在各自的理论立场上出于个人的认识和理解,用一种应然状态下的愿景代替基于生命本身的研究。对"生命"概念本身界定的模糊化导致对"生命精神""生命意识"阐释的模糊性和虚无性,使"生命精神"等概念也随之无限泛化。"生命"范畴是"生命精神"等相关文学研究中的核心范畴和关键概念,而关于"生命"及"生命"与相关范畴的逻辑关系的理论思考也构成这些研究的理论基石,应当有属于自己的质的规定性。只有对"生命"这一基本概念的界定进行应有的规范化,才能进而探讨"生命"及其相关范畴的本质意蕴。同时,我们也应当区分"生命""生

[①] 王晓华.康德与中国现代美学思想[M].哈尔滨:黑龙江人民出版社,2005:57.

活""生存"这个家族概念群中的概念,把握这些家族相似概念的分殊与关联,避免对这些家族相似概念的随意混用。

其次,生命精神应该成为生命范畴内在意蕴的核心。虽然具有元范畴性质的"生命"具有强大的延展性和衍生性,但其内在意蕴应该始终以生命精神为核心。生命精神是文学审美精神的价值体现,也是文学发展、长存的永恒动力。在文学研究中我们应该自觉而有意识地确立一种生命精神的评价尺度,并以此促进人们对文学创作的判断和对文学的接受。

在对文学中的生命意识进行评判与指导时,文学研究者应避免简单地套用泛化的生命概念来进行研究,而首先应该对生命概念有所界定,并且这种界定应该与我们的研究传统和文学实践相结合,只要不失去一个确定性的评价标准,某些无谓的争执也就不会在研究界里不断上演。同时,在阐释和评价文学作品时,文学批评和理论的基本取向与旨趣应该既立足于个体的精神自由与感性体验,又不能无视人类的理性感悟和精神自律。文学批评者应树立正确的生命价值理念并拥有理性的批评精神,应加强对文学创作的指导,引导文学创作成为在灵魂的维度对人类生存根本状况的觉醒的描述,"探寻和表现人的生命意义和理想价值,在感性和理性的融合中深化艺术形象的审美意蕴"[①]。只有这样,在面对人的自然欲望及本能的肆意描写和虚无、颓废的消极生命意识的不懈言说等问题时才会有较为清醒的认识,只有这样才能敏锐

---

① 陈传才.构建以审美为中介的文学价值系统:兼论文学理论和批评怎样应对多元化的文学格局[J].汕头大学学报(人文社会科学版),2004(5):1-6.

捕捉到文学创作的动向及其存在的问题，从而更好地提升当代文学的价值与品格，促进中国文学的健康发展。

再次，我们应当反思并力戒对西方生命话语的毫无保留的接纳和运用。虽然新时期以来文学研究中的生命概念的生成是西方现代生命哲学美学与中国传统生命精神的"视域融合"，但中西生命观念有着根本的区别，不能混为一谈，也不能全盘移植或一概排斥。

中国传统哲学美学对生命的理解，不是单纯宣扬个体的生命存在价值，而是重在对完善人格和高尚精神的追求，中国古代哲学美学倡扬的生命精神超越了生命仅仅作为一种动物性存在的理解。如果我们对生命的理解能够更多地继承传统生命内涵，关注中国当下的文学实践和现实问题，提高并升华精神境界，对解决某些非健康的文学现象无疑是有益的。纯粹以西方现代生命哲学或中国传统生命思想为基础研究生命问题，很容易失陷于一种非左即右的困境，往往要么只重视肉体生命，要么只关注精神生命，而无法统一于完满的生命整体。因此，不管是对于西方理论还是传统观念，我们都不应不加辨识地照搬照用，而应必先在全面判断、细致梳理其基本内涵与表述形式的基础上，对其进行必要的转换与合理的改造。全球化背景之下，西方话语对中国学术研究的冲击日益频繁，面对西方现代生命哲学美学理念的大量引进与传播，中国学人固然不能视而不见，但是也不能完全不顾及甚至全盘否定我国的文学与文化传统，而较为明智的选择应该是以不卑不亢的平等对话心态，立足于中国传统资源，在继承本土传统的基础上明辨西方话语的利弊以扬长避短，吸收和改进异域的观点和定义，全力建设一种既与本土文化相符又不失当代价值与世界意义的新的话语系统和理论形态。

在当今全球化语境下的多元文学格局中，不管怎样，历史与辩证的态度应该是我们探讨生命问题的一个基本立场。只有借助中西双重视角，对其进行双向的、动态的、全面的考察，才能科学解释"生命"这一概念的内涵。生命的本质作为一个整体应该是"多种规定的综合"，是"多样性的统一"[①]。肉身与精神，感性与理性，个体与群体，自然性与社会性等等这些彼此悖立的因素科学地整合所构成的辩证综合的统一才真正构成生命的总体性"图景"。唯有如此，人类或可从世间种种幻相中抬起迷失的双眼望向生命的本质。将生命的不同向度统摄于"价值"的名义之下，描述人类生命的存在状态，凸显人类的生命自我认知和对生命的价值、意义的追求，执守生命的价值标尺，交融个体与群体、感性和理性、自我与世界、有限与无限，应该构成文学研究生命视角的一种内在意蕴。生命的精神性不应该成为对动物性的远离而孤傲地超拔于动物性之上，相反精神性的生命应该与动物性的生命休戚相关，既不失一种对动物性的坦诚又不忘精神性的引领，将理性的权度与意义的选择渗透在感性生命活动中。唯有如此，我们的文学研究所构建的审美品格、价值判断及阐释范式才能更好地维持感性、非工具理性和超越价值三重维度之间的彼此协调

[①] 中共中央马克思恩格斯列宁斯大林著作编译局.马克思恩格斯选集（第2卷）[M].北京：人民出版社，1972：103.

与相互制衡，使文学研究不至于陷入个体与群体、感性和理性的二律背反，而在现代性中获得更加长足的发展。

生命范畴内涵意义的建构既要考察生命范畴面对具体文学与美学问题的可能的阐释效力，又要考察生命范畴应有的现实针对性和总体的价值指向，只有这样，我们的生命理论才不至显得干瘪僵硬或过于抽象虚无，而是呈现出作为一种理论形态应有的丰满、具体以及实实在在的阐释能力。在当今中西文学与文化交流碰撞的大趋势、大背景下，怎样看待、借用西方理论始终是一个令学者们深感困扰的问题。如何避免用西方理论中的"生命"范畴取代、消解"生命"的本质内涵，守望生命应然的意义与真谛，如何在传承中国本土文化与文学精神之底蕴的基础上，根据中国文学自身发生、发展的实际提炼与升华"生命"概念内涵，借鉴和运用西方的现代生命理论为传统生命范畴注入具有鲜明时代特色的价值内涵，构筑起生命概念的多重向度与丰富内涵，不断完善并生成融会中西、贯通古今的生命精神，对于中国学人来说，将是一个根本的问题，更是一个长期的问题。多维理论视界中的生命问题的研究使人们对生命的认识和理解日渐趋向多元，为"生命"下一个科学的、系统的学术界公认的定义并不容易，也许还需要漫长的探索过程，但对生命的探究一定会随着时间的推移、新的理论的注入而更加深入完善。

结　语

自古以来，生命是人类包括文学艺术在内的一切活动的最基本的前提也是最有力的基础。文学艺术以生命精神的体认和艺术表现为其内蕴和指归。作为文学研究的价值支点，生命精神让我们能够以更高的视点守望文学艺术的深度。新时期以来，随着思想观念的渐次解放，文学研究打破了过去的狭窄视野和单一模式，呈现出研究观念与方法的丰富和多样，逐步走向开放、多元、共生、互动的文学研究生态。从生命问题出发已经成为新时期以来文学研究的一种新思路，生命精神也成为新时期以来文学研究的重要理论视野，大大拓展了文学研究的空间。

作为一个具有丰厚内涵与深刻意义的文学研究命题，生命精神产生的条件与生成的土壤极为复杂，既有深刻的、互动的中西哲学思想因素作为直接的理论渊源，又与新时期以来特定的社会历史文化语境有着深刻的关联，也与新时期以来文学创作实践的蕴蓄分不开。新时期以来文学研究者们从不同的理论着眼点和论证思路出发，对生命精神展开了多向度的探寻并给予了不同形态的呈现。不同的研究者从各自不同的角度切入因此形成了内质各异、形态多样的生命观念。古典文学领域的生命问题研究和古典文论与美学中生命精神的当代阐发相互渗透，深入发掘了生命精神的传统意蕴，这是古典文学研究现实关怀的实现，同时也表达了文学研究对传统特色的生命精神的诉求，唤醒了文学研究的当代意识。生命美学对个体感性生命的还原，弥补了中国传统生命精神中个体感性生命的缺憾，同时也使文学研究中的生命精神具备了更多现代内涵并生发出文学研究的感性化倾向。现代新儒家文艺美学思想中的生命精神在新时期以来被不断地挖掘和发现，现代新儒家对道德理性生命的倡扬，复归了生命精神的民族特质，并在现代语境下对民族生命精神进行了一种创造性的转化，其民族本位的世界情怀使文学研究中的生命精神融合了更多民族内质和世界性因素，促进了文学研究的世界视野的形成。

"生命"和文论与美学中的其他范畴一样，并非固定不变，而是会随时代变化和人们对世界、对自我的认识的发展而有所不同。这正是生命理论当代化的鲜明特征之一。而且，因为"生命"是中西自古至今所共同关注的，因此在文学和美学研究中一直被学人当作一块汇通中西的重要的试金石。不同的理论视域在不同的文化背景中对"生命"的理解也迥然不同。在中西视域融合的过程中，对西方现代生命哲学美学理论的不同的把握、汲取和应用，是新时期以来中国文学研究中不同的研究形态中生命内涵取向存在差异和不同特色的原因所在，"生命"在一种理解的开放性的中西视域融合中敞开了其意义世界的大门，这些重要的研究形态的生命观念的得失影响着当代中国文学研究发展的主要趋势和方向。

"作为文学的审美现代性主要反思人和生命本体意义的主题。"[①]以此来理解,新时期以来的文学生命问题研究无疑构成了审美现代性的一个有机组成部分。如果将中国文学研究置于世界文学格局之中,以一种横向的世界眼光和中西比较的视野考察新时期以来文学生命问题研究的突出景观,不难看出,新时期以来文学文本阐释和文学理论建构中对生命精神的高扬,烛照出了中国文学研究丰富的现代性内质和世界性因素。但与此同时,新时期以来文学研究对生命精神这一理论视野的复杂内涵的开掘和呈现,却显然还是有着不尽如人意之处。

虽然"生命"这一范畴在新时期以来的文艺理论和美学研究中正日益受到关注和推崇,但由于"生命"这一主题本身具有发展性和难解性,加之研究者对西方生命理论的过度借用,导致新时期以来文学研究中"生命"这一基本概念本身的内涵和外延不断被拓展而泛化,反而使得我们对生命的认识不仅越来越模糊也越来越摸不着边,甚至带着明显的灰色印记。文学研究的生命取向所暴露出的诸如理论建构的西化、哲学基础的薄弱、生命概念的泛化、生命整体性研究的缺失等问题与局限对当代中国文学及文论的发展也产生了一定的负面影响。但不论是其积极价值与意义还是其争议与局限,从生命视角出发的文学研究范式都值得我们认真予以不断地总结和反思。正如薛富兴所言,"'生命'是对人类存在的整体描述,任何个人与学派均无法独自完成阐释人类

[①] 刘智跃. 颓圮的边界与生命的回响:精神分析学说与新时期小说[D]. 苏州: 苏州大学, 2006.

生命的任务,均无力独自穷尽人类生命审美追求的全部秘密"[1]。因此,新时期以来文学研究中的生命观念仍需我们集体的辩证评析与不断探索。

新时期以来文学研究所倡导的个体感性生命的解放虽然激活了现代生命精神的内涵,但同时也伴随着传统生命精神的深深失落。尤其在20世纪90年代以后特定的政治、经济、文化和社会心理语境下,思想、精神、价值退位这种本不应当有的现象却时有出现。生命感性冲动的泛滥,狂欢化欲求的高涨造成文学艺术的种种病态与畸形。物质主义的盛行和消费主义的泛滥带来精神人格的残缺和理想信念的失落,人类的精神世界里理想的未来预设和价值理念世界里永恒的价值准则,在本能的盲目驱使和情与欲的过度释放下变得迷离、破碎。被功利性和消费主义所迷惑甚至异化的生命价值观念使生命的内涵变得日益狭隘化和肤浅化,生命精神生成的最高目标因此也常常被遮蔽、模糊甚至完全忘却。

当今人们所热烈追求的日常生活审美化正需要道德和精神的挺立。文学艺术审美活动不能仅仅停留在生命的感性欲求满足的浅表层面。胡经之曾指出,文学艺术不是模仿,不是宣泄,不是麻痹,不是功利的追逐,不是纯粹的感官享受,而应该是揭示,是去蔽,是唤醒,是精神价值的寻觅,是反抗的承诺和人类生命意蕴的拓展[2]。的确如此,文学艺术应该成为人的一种超越性的生

---

[1] 薛富兴.生命美学的意义[J].贵州师范大学学报(社会科学版),2002(4):61-65.

[2] 胡经之.文艺美学[M].北京:北京大学出版社,1989:19.

命存在方式，既确证着人的生命本体又追问和提升生命的价值与意义。五四以来，中国文学研究便一直承担着培育人的价值追求与关怀的责任。在20世纪中国的文学研究中，虽然我们曾试图探寻各种不同标准和角度的文学研究范式，但正如谭桂林所指出的，人们对生命这一话题的敏感在不同意义上、不同程度地被当下形形色色的文学研究淡化，甚至遮蔽，因而作为中国文学研究话题的文学与生命的关系的探讨一直并未能够真正形成体系[①]。文学既要关注形而下的生存欲望，也应思考形而上的生命意义。植根于生命价值的自我实现和超越的诉求，以生命精神观照文学及其发展，才能不断深化当下的文学创作和研究。因此，通过对生命问题的认真审视和严肃反思，重建生命深层的精神价值信仰不仅具有理论的重要性，更带着现实的紧迫性。借助生命精神这一重要理论话语，通过对形而下的感性和物化之弊的反思和对形而上的生命终极价值的追求，文学在当代语境和时代现象中的超越之维与诗性智慧的重建并非遥不可及。所以，生命精神也应该始终成为我们切入新时期以来中国文学及其研究的一个重要的精神基点。

也许20世纪80年代初至今的40余年在泱泱历史长河中只不过是白驹过隙忽然而已，但在这短短的40多年的中国文学研究的历史变迁中却几乎浩浩汤汤上演了西方几百年的文学思想演进历程。中国文学研究在文化的多元、政治的祛魅、市场的牵引中不断走向众声喧哗，并建立起多元共生的格局，但文学研究却始终摆脱不了在西方体系下兜兜转转的印象，难免使人感觉其与中国文学

---

① 谭桂林.生命体验与中国现代文学[J].首都师范大学学报，2005（3）：89-91.

之间的某种隔阂。我们在文学研究中一方面要反思文学中的传统伦理道德教化和消费主义、物质主义、自然主义的生命观念对个体生命的桎梏与遮蔽，另一方面，我们又要坚持文学中的伦理道德生命对个体生命的引导以避免个体生命的沉沦；一方面，我们要以西方视域为参照不断反观自身，吸取西方现代生命哲学倡扬生命个性的理论精华，另一方面我们又要避免重蹈西方社会个体膨胀、生命价值被异化的覆辙，维护中国本土生命精神的独立自主性。

文学与生命精神不仅属于历史和当下，而且也属于未来。生命精神或隐或显或远或近地关涉中西、古今、现代性等新时期以来学术界反复讨论或争辩的重要话题。随着人类文明的不断向前发展，生命精神将越来越受到关注与重视，文学艺术对生命精神的观照也必将更加频繁和热烈。中国文学研究中的生命精神若要获得更深和更高层次的发展，应在传统与现代的结合处、民族特性与世界视野的融合中寻找理论建构的基点，创造跨越文化、民族与时代界限的生命精神。拥有贯通古今、融会中西的并且真正属于我们自己的民族性、世界性、人类性、时代性兼备的生命精神，使"生命"的话语在审美视野和文学研究中更为合理地呈现，仍需更多当代学人的不懈努力和积极探寻。

本书行文虽有终结，思想发展却无极限。受限于笔者的学识修养和对论题的驾驭能力，本书对新时期以来文学研究中的生命精神的探讨还存在着诸多的纰漏与不足，但这一切将成为我未来继续研究和不断深入的基础。